KB148673

포항을 알면 미래가 보인다

의사 이재원의 포항 진단

포항을 알면 미래가 보인다

누구에게나 위안이 되는 이야기

김일광(동화작가)

지난해 가을 어느 저녁이었다. 호미곶 구만리에서 보는 석양은 일출 못지않게 아름다웠다. 마침 날이 좋아, 비박을 하며 해넘이나 볼까 하고 집을 나서는데 전화가 왔다. 이재원이었다. 병원을 경영하기 때문에 다른 이들은 원장이라고 부르지만 나는 전국푸른문화연대 이사장이나 후배가 입에 익어 있는 이였다.

호미곶에 들른 겸에 얼굴이나 보고 가겠다며 찻집에서 기다린다고 하였다. 반가운 마음에 해넘이를 포기하고 한달음에 달려갔다. 따뜻한 차를 앞에 두고 이런 저런 이야기를 나누다가 문득 해질 무렵이 다 되어서 호미곶을 찾아온 연유가 궁금했다.

"몸이 열 개라도 모자란 사람이 이 늦은 시간에 촌구석은 어인 일이고? 해넘이나 구경 다닐만큼 한가한 사람이 아닐텐데"

그는 내 물음에 소년같이 해맑은 웃음을 보인 뒤, 수첩을 보여 주었다. 그곳에는 우리 고장 포항의 이야기가 빼곡히 적혀 있었다. 몇 장을 읽어 보았더니 그 글은 단순히 우리 지역의 풍광이나 향토사를 옮겨 적은 게 아니었다. 어린 시절부터 지금까지 자신을 키워 준 고향에 대한 애정의 기록이었다.

이재원은 그렇게 고향을 끌어안으며 살고 있었다. 어릴 적 친구들과 철없이 돌아다녔던 육거리와 동빈항, 청소년 시절 죽도 오리정의 추억이 글 속에 정겹게 녹아 있었다. 뿐만 아니라 아쉽게도 시멘트가 뒤덮여 그 흔적조차 사라져버린 칠성천과 양학천 이야기는 지난 시간 속으로 우리 두 사람을 데려가기에 충분할만큼 생생했다.

그는 자신이 태어나서 어린 시절을 보냈던 도심에만 관심을 둔 게 아니었다. 농촌과 어촌, 산촌까지도 직접 밟으며 고장의 체취를 느끼려고 했다. 그리고 산과 들, 바닷길을 걸으면서 사람을 만나 함께 이야기를 나눈 뒤, 얻은 여러 가지 생각과 그들의 소망도 소상히 적어 두었다. 어떻게 보면 토막토막의 작은 이야기였지만 어느 것 하나 가벼운 게 없었다.

나는 그 작은 이야기들을 읽고 또 들으면서 한 사람의 수첩에만 남겨두기에는 너무나 아깝다는 생각을 하게 되었다. 그래서 그 자리에서 책으로 출판하기를 권하였다. 한 사람이 갖고 있을 때는 그냥 단순한 이야기에 그치겠지만 여러 사람이 나누고, 함께 의논한다면 사회 발전의 디딤돌이 될 수도 있다는 생각이 들었기 때문이다.

칼 구스타프 융의 이론에 의하면 인간은 부모로부터 몸을 이루는 물질적 토대인 DNA뿐 아니라, 능력이나 성격 등 정신적인 면도 함께 물려받는다 한다. 마찬가지로 세대를 이어오면 집단마다 독특하고도 근본적인 심상archetype이 형성된다. 그래서 고향에 대한 친근감은 그 집단의 원형, 아키타입의 하나라고 보아도 될 것이다.

아키타입이라는 하나의 정신적 틀은 세대와 세대를 관통하는 동류의식의 통로인 셈이다. 신화나 설화, 민담이 전혀 낯설지 않고 현 시대에도 공감을 자아내는 것이 그런 이유다. 상도, 하도, 분도, 해도, 죽도를 섬안이라 하고, 두호, 아호, 환호를 삼호라 하며, 포항은 5도 3호가 그 시작이라는 말만 들어도 가슴 떨리는 것은, 그 먼 이야기 속에 우리가 들어가 있고, 우리 안에 그 이야기가 자리 잡고 있기 때문이다.

이름만큼이나 아름다운 죽장의 자호천, 서슬 퍼런 권력 앞에서 마을 사람들 손으로 지켜낸 기계 서숲, 진경산수의 발현지인 청하와 보경사, 호국의 땅 흥해, 말갈기처럼 길고 아름다운 해안을 가진 장기에는 다산 정약용 선생과 우암 송시열 선생의 가르침이 있어서 좋다. 일월의 정기가 살아있는 연오랑 세오녀의 땅 도구와 연일, 세계리, 오천, 중명 등에는 마을마다 일월日月의 전설이 숨쉬고 있다. 어느 곳 하나 사연과 곡절이 없는 곳이 없다. 그래서 고장 이야기는 듣는 사람에게는 위안이 되고 하는 이에게는 안위를 묻는 것과 같다는 이재원의 말에 전적으로 동의를 한다.

전형적인 농촌이었던 섬안 마을에서 태어나서 자란 나는 아직도 크고 화려한 분위기가 어색하다. 그래서 그런지 늘 작은 게 편하다. 많은 사람들이 모인 자리보다 둘이서 조근조근 이야기 나누는 것이 좋다. 이재원의 글은 그래서 사람을 편하게 한다. 그와 나는 초등학교 중학교, 고등학교 동문이다. 공통분모가 많아 오래전부터 자주 이야기를 나누는 편이었다. 그러다가 이야기의 영역이 점점 확대되어 오늘에 이른 셈이다. 이 책에 실린 글들이 지역의 많은 분들에게 편안한 고장의 이야기로 작은 감동을 전달하기를 소망해 본다.

차례

그리움에서 새로움으로

요즘 친구들과의 편한 자리에서, 우리 아이들이 대학교 갈 때, 혹은 결혼시킬 때 우리는 몇 살일까라는 대화를 자주 하게 됩니다. 그런데 이 대화의 근저에는 희망이나 기대보다는 불안감이 짙게 깔려있습니다. 혹시나 우리 아이들의 중요한 순간에 무능력해 아버지 역할을 할 수 없을 수도 있고, 그 옆에 없을 수도 있다는 불안감을 제 또래는 누구나 가지고 있습니다.

그러면서 문득 내가 대학교 갈 때, 결혼할 때, 첫 손녀를 안겨드렸을 때 우리 부모님의 연세가 언제였는지 생각해보았습니다. 부끄럽게도 제 기준으로 한참을 셈을 한 후에야, 지금의 부모님 연세에서 빼기를 해서, 근사치나마 추정해볼 수 있었습니다. 하지만 그 때 부모님의 정확한 나이와 모습은 기억하지 못해도, 항상 그 자리에서 든든한 버팀목이 되어주신 것은 분명히 기억합니다. 지금 생각해보면 아마 그분들도 우리 세대가 느끼는 불안감을 가지고 있으셨을 겁니다. 하지만 자식이 걱정할까봐 전혀 내색하지 않았던 그 강인함! 그것이 우리가 배워야할 부모의 모습입니다. 그리고 그런 부모님의 모습과 또 하나 닮아있는 것이 있습니다. 바로 우리들의 고향입니다.

제 고향 포항도 마찬가지입니다. 저는 한 번도 제가 서울에서 태어나지 않은 것을 아쉬워하지 않았습니다. 오히려 인턴·레지턴트 생활을 하며 서울에서 지낼 때, 업무의 고단함보다, 영일만의 푸른 바다를 보지 못하고, 운제산의 고즈넉함을 즐기지 못하는 것이 더 힘들었습니다. 그 힘든 서울에서의 시간을 견딜 수 있었던 것도, 이 과정만 마치면 내 고향 포항에 내려가, 나를 키워준 그곳, 그들을 위해 무언가 의미 있는 일을 할 수 있다는 희망이 있었기에 가능했습니다.

돌이켜보면 꽤 오래전부터 포항과 포항 사람에 대한 이야기들을 제 마음에 담아두고 있었습니다. 이곳이 제 고향이기에 이 땅에 속한 많은 것들에 대한 애정과 그리움은 당연한 것일지도 모릅니다. 또한 이 땅에 뿌리내리고, 우리 사회에 기꺼이 소금 역할을 하며 살아가는 사람들의 삶의 현장을 공유하고 싶었습니다.

이제 익숙했던 포항의 거리와 자연을 다시 들여다보고 오고가며 만났던 사람들과의 기억을 되짚어가면서 새롭게 발견한 이야기를 시작하려 합니다. 이는 포항과 이 땅에서 살아가는 사람들의 삶을 알리기 위한 안내서이자, 오늘날 포항이라는 도시가 안고 있는 현상과 그 현상이 만들어진 배경을 찾아보려는 시도입니다. 또한 이 도시가 어떻게 움직이고 있는지, 어떤 방향으로 향하고 있는지를 나름대로 관찰하고 분석해서, 가능하다면 일정 부분의 해결방안까지도 모색하기 위함입니다.

'의사 이재원의 포항 진단'이라는 부제를 붙인 것도 이 때문입니다. 의사라는 전문직의 경험을 통해 얻게 된 의학적 접근을 이러한 도시 진단에 응용할 수 있는 배경에는, 의사의 자리에서 볼 수 있는 독특한 관점이 있기 때문입니다. 흔히 의사라면 아픈 이를 치유하는 사람이라고만 생각합니다. 그런데 이 치유 과정에는 단지 의학적 능력만으로 해결되는 게 아니라는 것을 이제까지의 의료 경험을 통해 알게 되었습니다. 아픈 이의 이야기를 들어주는 정서적 교감이야말로 치유의 으뜸이었던 적이 많았습니다. 그래서 소소한 일상에 대해서 서로 이야기를 나누는 것이 이해의 폭을 넓히는 것이자 소통의 출발, 변화의 시작이라고 생각합니다. 이는 이 도시가 안고 있는 아픔 역시 치유하기 위해 필요한 것들이기도 합니다.

이 책에 가능하면 더 많은 포항 사람들의 이야기를 담고 싶었지만 그렇지 못한 부분이 있습니다. 이 자리를 통해 그 동안 제게 베풀어주신 주변 분들에게 고마움의 인사를 드립니다. 겉으로 보기에는 다소 무뚝뚝해 보이지만 포항의 바다처럼 한없이 너그러운 분들이기에 제가 이 땅에 단단히 서 있습니다.

나고 자란 이 땅에서 비롯된 모든 인연을 저버리지 않기 위해 저는 이제 이 포항을 그리움의 대상으로서가 아니라 새로움의 대상으로 바라볼 것입니다. 물론 이것은 난데없이 등장하는 게 아닌, 익숙한 것들을 속 깊게 들여다봄으로서 찾을 수 있는 재발견의 의미가 될 것입니다.

포항은 제게 이 세상에 단 하나뿐인 고향입니다. 포항의 아들 이재원의 온 몸에는 그 유전자가 깊이 각인되어 있습니다. 이 사실을 그대로 껴안고 받아들입니다. 뭐라 말할 수 없는 이 뜨거움을 간직한 채, 여기 이 땅에 조용히 흐르는 강물을 바라보며 제 마음의 소리를 듣습니다.

포항의
거리

죽도시장

그곳의 활기에
내 마음도 들뜬다

"포항의 중심지는 어디인가요?"

포항 사람들에게 이 질문을 하면 열에 아홉은 '오거리'라고 답할 것입니다. 유명한 관광지도, 시청 같은 관공서가 있는 것도 아닌 이곳이 어떻게 포항의 중심이 됐을까요? 그 이유는 포항 지도를 찬찬히 살펴보면 알 수 있습니다.

다섯 개의 도로가 한 곳에서 만나는 이곳은 오래전부터 포항의 교통요지였습니다. 북쪽으로는 영일대해수욕장이 연결되고 남쪽으로는 형산강兄山江을 건너 포스코로 이어집니다. 내륙으로 통하는 서쪽으로는 포항역, 그리고 포항과 대구를 잇는 고속도로에 이릅니다. 당연히 동쪽으로 가면 동해안과 만납니다. 그리고 동해안과 만나는 곳에 바로 오랫동안 포항 시민들의 먹거리를 책임졌던 죽도시장이 있습니다.

대대로 어항漁港이었던 죽도시장은 지금은 경북·동해안 일대에서 가장 큰 규모를 자랑합니다. 항상 갓 잡은 해산물이 넘치는 이 곳은 포항시민의 밥상과 먹거리를 책임져 왔는데 이제는 포항을 찾는 관광객들이 꼭 찾는 관광코스로 자리 잡은 지 오래입니다. 아마 죽도시장이 다른 곳에 있었다면, 포항의 중심지도 바뀌었을지 모릅니다.

죽도竹島라는 지명에서 알 수 있듯이, 지금으로부터 50여 년 전만 해도 이 일대는 갈대가 무성한 포항 내항의 늪지대였습니다. 옛 문헌을 살펴보면 죽도시장이 있는 죽도를 비롯해 포항의 5도島라 일컬어지는 상도, 하도, 분도, 해도는 여러 물길로 나뉘어진 작은 섬이었습니다. 지금의 모습으로는 이곳이 섬이었다는 것이 쉽게 상상이 되지 않지만, 최근 동빈내항東濱內港의 물길이 형산강과 다시 연결되어, 죽도시장 건너편의 송도동이 다시 섬이 된 것을 보면, 이 일대는 강물과 바닷물이 만나 생긴 모래톱이었다는 게 실감이 납니다.

사실 죽도동 일대는 동해안의 거친 파도를 피할 수 있는 영일만의 입지조건 덕분에 1920년대에 이미 큰 시장이 형성되어 있었습니다. 원산이나 함흥에서 오는 연락선이 드나들고 함경도의 명태, 전라도의 쌀 등이 활발하게 거래되었습니다. 이미 1950년대에 상인부흥회가 조직되었을 정도로 도·소매상이 모이던 곳이기도 합니다. 특히 울릉도, 울진, 삼척 등지의 소매상들이 죽도시장의 도매상과 거래를 많이 했는데 날씨가 안 좋아 교통이 끊기면, 며칠씩 신세를 지면서 이곳에 머물렀다고 합니다. 그야말로 거래를 넘어 사람들 사이에 정이 오가던 곳이었습니다.

1969년 10월 4일에는 (사)죽도시장번영회가 설립되면서 지금 형태의 시장이 형성됩니다. 그리고 포스코(당시 포항제철주식회사)가 세워지면서 포항의 인구가 급증해 죽도시장 상권은 더욱 번성하고, 경북·동해안 일대에서 제일 큰 시장으로 자리매김하게 되었습니다. 현재 죽도시장의 점포 수는 1,200개가 넘어 부산 자갈치시장과 더불어 전국적인 명성을 자랑하는 대표적인 어촌재래시장입니다. 물론 사람들이 죽도시장을 찾는 가장 큰 이유는 어시장 때문이기는 하지만, 각종 농·수산물을 비롯해 의류, 가구, 생활 잡화 등 없는 것 빼고는 다 있는 곳이 되었습니다.

죽도시장 어시장은 겨울이면 전국적인 유통망을 통해 포항의 특산품인 구룡포 과메기나 대게가 전국으로 팔려나가는 관문 역할을 하고 있습니다. 또한 사시사철 신선한 활어를 만날 수 있는 곳이기도 합니다. 얼마 전 시장에 나가보니 제철을 맞은 대게, 가오리, 가자미, 말린 양미리부터 포를 떠 놓은 전갱이, 구워서 술안주로 좋은 닭새우, 채반에 담은 숭어, 광어, 우럭, 오징어, 학꽁치 등의 횟감이 아주 좋아보였습니다. 여기에 시원한 해장용 곰치와 대구, 이도 안 들어갈 것 같이 탱탱한 해삼과 활전복, 삶은 문어, 푸짐한 고래고기 수육 등도 하나같이 싸고 군침 도는 해산물입니다.

시장 골목 안쪽에는 한결같은 맛으로 상인들과 손님들을 맞이하는 소문난 음식점도 많습니다. 오래된 곰탕집과 복집, 고등어찌개 등이 일품인 백반집, 간단하게 요기할 수 있는 죽 가게와 국숫집은 먹자골목의 대표 맛집으로, 바쁜 상인들과 손님들에게 저렴한 가격으로 푸짐하고, 한결 같은 맛의 한 끼 식사를 제공해왔습니다.

원래 사람들로 북적이는 시장은 조용할 수가 없는 곳입니다. 왜냐하면 이곳은 사람의 오감을 만족시키는 총체적 경험과 소통이 가능하며, 그로 인해 에너지가 발생하는 곳이기 때문이지요. 상인과 손님 간의 흥정에서부터 오랜 단골의 안부를 묻는 시장의 일상, 먹거리를 대할 때 즉각적으로 반응하게 되는 시선의 방향과 입 안에서 도는 군침, 특히 시장 한쪽을 차지하고 있는 먹자골목에서 뿜어져 나오는 에너지는 그야말로 대단합니다.

그래서 여행을 떠나면 자신도 모르는 사이에 시장을 둘러보고 있는 나 자신을 발견하는 경험이 있을 것입니다. 자기가 사는 동네에도 시장은 있지만, 바닷가의 어시장은 그 재미의 차원이 다릅니다. 살아있는 커다란 물고기나 해산물을 신기한 눈으로 구경하고, 상인과 상인 간, 그리고 상인과 손님 간에 흥정하는 모습은 시간 가는 줄 모르게 빠져들게 하는 즐거운 힘이 있습니다. 또 그곳의 활기에 덩달아 내 마음도 들뜨고, 기분 좋게 만들어줍니다. 죽도시장은 이런 에너지가 밀집되고 거기에서 비롯된 사람들의 기억과 인생이 축적된 곳입니다.

따지고 보면 집안의 부엌도 조용할 수가 없는 곳일 테지만 현대인의 일상에서는 이 부엌이 차지하는 위상이 갈수록 줄어들고 있습니다. 부엌에서 음식을 하는 시간이 적어지고, 온 가족이 모여 식사를 하는 일이 특별한 일이 되어버린 지 오래입니다.

많은 사람들이 재래시장의 위기를 이야기합니다. 편리한 대형마트와 즉석가공식품의 범람 때문이겠지요. 하지만 저는 재래시장의 위기가 곧 부엌의 위기, 나아가 가족의 위기가 함축적으로 담겨있다고 생각합니다. 지금 우리의 밥상은 많이 각박해졌지만 앞으로는 매일 저녁 느긋하게 장을 볼 수 있는 여유가 생겨나고, 건강하고 신선한 먹거리에 대한 관심이 꾸준히 높아지면, 가족이 둘러앉아 식사를 할 수 있는 기회가 많아질 것입니다. 그러면 죽도시장도 예전의 활기를 찾는 날이 오리라고 봅니다. 그래서 죽도시장은 여기 포항의 과거와 오늘, 그리고 미래를 내다보게 하는 일종의 바로미터가 될 것입니다.

최근 죽도시장도 포항에 들어서는 대형마트와 할인점, 백화점 등과 상대할 수 있는 경쟁력을 확보하기 위해 피나는 노력을 하고 있습니다. 상점 주변을 정비하고 공중화장실과 넓은 주차장을 설치해 손님들이 편하게 찾을 수 있는 환경을 만들고 있습니다. 또한 전국 최초로 상인대학을 개설해 갈수록 치열해지는 유통환경을 극복하기 위한 다양한 방안을 모색하고, 서비스 향상과 바가지요금 근절 등의 교육을 진행하고 있습니다. 그렇다고 죽도시장이 서비스가 나쁘고 바가지요금이 심한 것은 아닙니다. 이곳을 찾아본 외지인들의 말을 들어보면 오히려 전국 어느 시장보다 싸고 호객행위가 노골적이지 않아서 죽도시장이 좋다는 이야기를 자주 들었습니다.

한때 저도 죽도시장에 살았던 적이 있습니다. 지금도 죽도시장 입구 근처에 있는 세명약국 자리가 예전 아버지가 운영하셨던 중앙약국이 있었던 곳입니다. 초등학교 6학년 즈음에 약국에 달린 작은 집으로 이사를 가게 되었는데, 전에 살던 집보다 너무 비좁아 가지고 간 세간도 놓지 못했던 기억이 생생합니다. 하지만 집 밖을 나오자마자 펼쳐지는 시장 풍경은 집 안의 옹색함을 잊게 할 정도로 크고 넓었습니다. 시장의 좁은 골목길을 한 줄로 연결시키면 그 길이가 얼마나 될지 궁금해 보폭으로 재어보려고 여러 차례 시도해 보기도 했습니다.

어머니는 막내였던 제게 늦은 오후 무렵 시장에 가서 두부며 콩나물 등 소소한 반찬거리를 사오라는 심부름을 자주 시키셨습니다. 아마도 제가 시장 골목을 돌아다니는 것을 좋아했던 것을 아셨던 모양입니다. 하지만 중학교에 들어가서는 시장을 누비는 대신 약국 안의 판매대 앞에 앉아 책을 보는 것이 일상이 되어버렸습니다. 지금 돌이켜보면 이상한 부분이 하나 있는데, 대학교에 입학하기 전까지 저는 한 번도 책상다운 책상을 가져본 적이 없었습니다. 우리 부모님도 다른 부모님처럼 자식을 위하는 일을 우선순위로 삼으셨는데도 저는 늘 집에서는 밥상, 가게에서는 판매대를 책상으로 삼아 공부를 했습니다. 아직 여쭈어본 적은 없지만 밥도 먹고 약도 팔며 책을 보는 것이 덜 심심하다 여기셨는지 모르겠습니다. 혹은 시장통 안에서는 그렇게 하는 것이 더 자연스러운 것이라 여기셨을 수도 있습니다. 지금도 예전의 약국 앞을 지날 때마다, 골목 안쪽의 풍경을 잠시 바라보고 발걸음을 떼는 것이 제 습관 중 하나입니다.

그래서인지 저는 죽도시장의 변화와 풍경만큼은 시장 상인들만큼이나 꿰뚫고 있습니다. 주말에는 장을 보러 나온 포항 사람들뿐 아니라, 죽도시장을 구경하러 온 관광객들로 인해 상점과 골목 사이사이는 사람들로 가득 붐빕니다. 새로 개장한 주차장도 모자라 전국에서 온 관광버스와 자가용의 긴 행렬은 끝이 보이지 않을 정도로 길거리에 서 있습니다.

저도 죽도시장에 살았던 적이 있습니다. 죽도시장 입구 근처에 있는 세명약국 자리가 예전 아버지가 운영하셨던 중앙약국이 있던 곳입니다. 지금도 예전의 약국 앞을 지날 때마다, 골목 안쪽의 풍경을 잠시 바라보고 발걸음을 떼는 것이 제 습관 중 하나입니다.

1장 _ 포항의 거리

　죽도시장은 매끈하게 정돈된 도시의 대형마트나 백화점에서는 결코 발견할 수 없
는 원초적인 감성이 존재합니다. 특히 어시장은 살아있는 무언가가 늘 함께 있기에
더욱 그렇습니다. 동빈내항과 함께 서민정서를 대변하는 이곳에서 포항 사람들의 삶
과 기질은 이어져 왔으며, 또한 이것을 느낄 수 있는 곳입니다. 그리고 어쩌면 이 기
질을 만들어낸 죽도시장이라는 동력이 있었기에 포항의 심장이라 일컬어지는 오거
리가 탄생할 수 있었고 또 활성화될 수 있었습니다.

포항에서 가장 일찍 하루가 시작되는 곳 중 하나가 바로 수협 위판장입니다. 죽도동에서 동빈큰다리를 건너 소나무가 우거진 송림을 지나 동해 명사십리 중에 하나였던 송도해변의 왼편 끝자락에 위치하고 있는 이곳은 보통 새벽 다섯 시 반이면 경매를 시작합니다.

가끔 이곳을 들르면 전문가들의 세계라고 인정할 수밖에 없는 어떤 치열함 같은 것을 느낄 수 있습니다. 순식간에 벌어지는 흥정과 낙찰 사이에서 상인들의 눈빛은 예리하게 빛납니다. 어선에서 내린 활어가 도착하면, 경매사의 종소리에 따라 도매상들은 민첩하게 움직입니다. 많을 때는 100여 명 이상이 모여 경매를 하지만 늘 신속하고 조용하게 진행됩니다. 이들의 흥정에는 일반 상인들이 구매를 권하는 다정한 말은 필요가 없기 때문입니다.

군더더기 없는 경매의 진행과정은 좀 더 싱싱한 수산물을 적절한 가격에 사기 위한 시장의 흥정과는 전혀 다른 삶의 긴박함과 엄격함이 배어 있습니다. 경매에 참가하는 이들은 모두 전문가로 순간의 곁눈질로 활어의 신선도, 맛과 질의 등급 등을 판단합니다. 무엇보다도 이들은 계절의 순환을 통해 얻어지는 제철에 난 먹거리를 잘 알고 있으며, 날씨의 변화를 통한 먹거리의 바뀜도 예측하고 있습니다.

봄에는 도다리, 여름에는 농어, 가을에는 전어, 겨울에는 방어와 돔, 복어가 수협 위판장에서 만날 수 있는 최고의 인기상품입니다. 사시사철 꽁치나 오징어, 전복 등을 만날 수 있지만, 제철에 난 재료가 가장 맛있다는 건 당연한 이치겠지요.

계절 구분 없이 농장의 비닐하우스와 양식장에서 얻어지는 먹거리에서는 도무지 계절의 흐름을 읽기가 힘듭니다. 어떤 지역에서도 동일하게 적용되는 일정한 크기와 똑같은 맛을 내세우는 프랜차이즈나 뷔페식의 외식 현장에서도 역시 계절의 변화나 제철에 난 먹거리를 접하기 어렵습니다. 그래서인지 계절의 변화와 그 흐름을 안다는 것에 점점 무감각해지는 현대인들에 비해 이곳 상인들의 눈빛은 그야말로 '살아있네'입니다.

위판장에 들어오는 어선들 간에 생기는 시간차 때문에 발생하는 짧은 틈을 상인들은 요긴하게 사용합니다. 이른 새벽부터 움직였기에 일찌감치 찾아온 허기를 달래기 위해 또는 언 몸을 녹이기 위해 상인들은 위판장 바로 앞에 있는 작은 구내식당에 모입니다. 한쪽에는 뜨끈한 어묵국물이 놓여 있고 상인들은 알아서 꼬치어묵을 하나씩 입에 뭅니다. 작은 식당 안은 금세 도매상들로 붐비고 이내 반가운 얼굴을 만나면 서로 안부를 묻습니다. "오늘 물건 좀 건짓나?" "가게는 좀 어떤교?" "이번 주가 딸내미 결혼식이라꼬? 언제 그렇게 됐나" 더운 김이 솟는 음식을 한 공간에서 나누며 오가는 그들의 대화 소리를 뒤로 하고, 식당 안의 작은 창 너머로 희미한 아침햇살이 들어옵니다. 시계는 이제 막 여섯 시를 조금 넘겼습니다. 이른 새벽 누구보다 일찍 아침을 맞이하는 사람들의 삶의 현장을 지켜보면 아마 자신의 삶의 태도를 되돌아볼 기회를 가지게 될 것입니다.

　물론 이곳이 누구에게는 그저 똑같은 밥벌이의 현장으로 비추어질지도 모르며, 단순하고 고된 일상의 반복이라 느낄 수도 있습니다. 하지만 이른 시간에 가끔 이곳 위판장을 찾아오는 것은 포항이란 도시가 예로부터　가지고 있는 정체성을 투명하게 보여주는 곳도 드물다고 느끼기 때문입니다. 축축한 새벽 공기 사이로 이곳에서 영일만과 포스코가 펼쳐진 눈앞의 풍경을 바라보며 지금 포항이란 도시는 어떤 곳인지 곱씹어보곤 합니다.

북포항우체국

어제도,
오늘도 포항 1번지

전국 어느 도시나 사람들이 만남의 장소로 정해 놓은 거리나 관공서, 혹은 상점 앞이 있게 마련입니다. 그런 곳들을 요즘 대도시에서는 거창한 말로 랜드마크라고 하는 모양입니다. 서울 광화문의 교보문고나 명동의 롯데백화점 앞이 대표적이지요. 하지만 중·소도시의 경우는 소박하게 '어디 거리'나 '어디 앞' 등으로 표현하는 것이 대부분입니다.

포항시민의 대표적인 만남의 광장은 포항역과 육거리 사이에 있는 북포항우체국 앞입니다. 오늘날 현대인의 일상을 장악한 스마트폰 같은 획기적인 통신수단은 물론, 전화조차 부족했던 시절, 이런 약속장소는 반가운 누군가를 쉽게 찾을 수 있고, 기다릴 수 있는 장소였습니다. 물론 다방 등을 약속장소로 정하고 느긋하게 기다릴 수도 있지만, 주머니 사정이 넉넉지 않은 술친구들을 만날 때면 커피값을 아껴 술 한병 더 시키자는 심산으로 거리나 상점 앞에서 만나 바로 단골술집으로 향하는 것이 일반적이었지요. 게다가 추운 겨울철에는 발을 동동 구르면서 늦는 사람을 조바심내면서 기다렸던 추억이 다들 있을 것입니다. 어른들 말씀에 '멋 부리다 얼어죽는다'고, 사람들은 겨울철 특히 데이트가 있는 날에는 왜 그리들 얇게 입고 나와서 벌벌 떨고 있었는지 모릅니다.

포항역에서부터 육거리에 이르는, 지금은 중앙상가에 조성된 실개천이 끝나는 곳에 인접해 있는 북포항우체국은 옛 모습 그대로 자리하고 있습니다. 단단해 보이는 벽돌조적식 건물의 외관은 지금도 주변의 화려한 간판을 두른 다른 상가 건물들과 확실히 구분됩니다. 예전 포항역 근처에는 이보다 더 높은 건물이 없었기에, 포항 지리에 밝은 사람이 아니더라도, 한 눈에 건물을 찾을 수 있었습니다. 그래서 적어도 반세기 이상을 수많은 포항 시민들은 북포항우체국 앞을 만남의 장소로 애용해 왔습니다.

하지만 지금은 이런 만남의 광장이 그리 절실해 보이지 않습니다. 약속장소를 바로 정하고 설령 처음 가보는 장소도 인터넷 검색으로 확인해 곧장 그곳에 도착할 수 있으니까요. 문명이 선물한 편리함으로 인해, 우리는 궂은 날씨에 바깥에서 누군가를 하염없이 기다리는 일을 하지 않아도 됩니다. 행여나 약속된 시간이나 장소에서 벗어나도 상대방을 만나지 못할 거라는 생각은 하지 않습니다. 우리 손 안에 있는 스마트폰은 나와 상대방을 시간과 장소에 구애받지 않고 연결해 주고 있으니까요.

하지만 이 때문에 만남이나 약속에 대한 책임감은 다소 느슨해진 경향이 있습니다. 약속시간에 늦게 도착하는 것이 매우 미안한 일임에도, 굳이 전화를 하지 않고 문자 메시지나 '카톡'으로 이유를 남기면 기다리는 사람 또한 대개 수긍해줍니다. 심지어 당일 약속을 취소하기도 합니다. 예전 같았으면 일주일이나 이주일 전에 구두나 통화로 약속시간과 장소를 정하고, 달력이나 수첩에 메모를 한 후, 그날이 오면 제 시간에 그 장소에 도착하기 위해 노력을 했습니다. 약속에 대한 그런 공감대가 있었기에 사람을 하염없이 기다리는 일에도 일종의 관용을 베풀 수 있었습니다.

이렇게 휴대전화를 이용한 핑계대기는 심리적인 요소도 많이 작용한다고 봅니다. 직접 만나서 이야기하거나 통화하기보다 문자메시지를 더 선호하는 사람들은, 얼굴을 대면하거나 음성을 통해 나누는 대화보다 문자를 통해 필요한 내용을 전하는 것이 훨씬 덜 부담스럽고 경제적이라 생각할 수도 있습니다. 이러한 소통방식은 개인의 사생활뿐 아니라 직장이나 회사의 업무 진행에서도 그대로 적용되는 비중이 높아지고 있습니다.

그러나 이러한 변화가 바람직하다고만 여기기는 어려울 것입니다. 휴대전화에 저장된 전화번호를 지우게 되면 나와 상대방과의 연결고리가 사라지게 되는 것입니다. 실제 우리가 사회적으로 긴밀하게 여겨온 관계들이 사실은 그렇지 않았으며, 그런 느슨한 관계마저도 무너지고 있다는 것을 느낍니다. 결별선언, 해고통지와 같은 극단적인 관계의 파국마저도 문자메시지로 이루어지고 있는 것이 현실이라는 점에서 우리 사회의 관계망은 실로 아슬아슬하게 지탱되고 있어 보입니다. 이것을 회복할 수 있는 방법이 있을까요?

조선 영조 때의 실학자 성호 이익星湖 李瀷, 1681~1763은 '의국醫國'이란 글에서 의사의 수준을 나누었습니다.

"무릇 의사의 재주는 증세를 아는 것보다 형색을 보는 데에 있고, 형색을 보는 것보다 맥을 잘 짚는 데에 있다. 증세는 비록 긴급하고 위중하지만 그냥 두어도 저절로 낫는 사람이 있으며, 형색은 비록 상했지만 고질병을 지닌 채 죽지 않는 사람이 있다. 형색은 병들지 않았지만 맥이 병든 것을 '걸어다니는 시체'라 하는데, 이를 놓치지 않고 알아보는 의사를 훌륭한 의사라 말한다."

이 글에서 환자를 사회나 국가로 바꾸어도 마찬가지겠지요. 저는 물론 마지막에 해당되는 의사가 되고 싶습니다. 제 직업이 의사이다 보니 증상을 보면 진단을 내리고 치료법를 찾는 게 직업병처럼 몸에 배어있는 것 같습니다. 지금까지 사회생활을 하면서 사회의 많은 증상들을 보게 되었고 나름 진단을 내리고 치료법를 찾고자 해도 그 해답이 선명하게 나오지 않아 답답한 적이 많았습니다. 더군다나 관심을 가진 대상이나 물음에 대한 답을 찾는 것에 대해 부끄러움이나 수고스러운 일이라고 생각하지 말자는 것이 제 지론이다 보니 증상에 따른 해결책을 찾기 위해 파고드는 성격이 남달리 강한 편이기도 합니다.

히포크라테스 선서의 첫 구절에 "이제 의업에 종사할 허락을 받으매, 나의 생애를 인류봉사에 바칠 것을 엄숙히 서약하노라"는 구절은 아직도 마음속에 맴

돌고 있습니다. 의사라는 직업의 사명감은, 고통 받고 있는 환자들을 위해 무언가 의미 있는 역할을 하는 데 있습니다. 물론 그 역할이 매우 미약할 때도 있지만 위의 서약을 지키기 위해 노력하는 것이 의사의 본분이라 믿고 살아왔습니다. 결코 쉽지 않은 의대 과정을 거치면서 결국 의사의 길은 사람에 대한 배려와 함께, 상황에 대한 판단력이 있어야만 제대로 할 수 있다는 것을 알게 되었습니다. 그리고 사람에 대한 이해를 하기 위해서는 사람이 속한 사회, 나아가 국가라는 시스템에 대한 이해가 필요합니다. 아무리 뛰어난 의술을 가진 사람이라 하더라도 사람에 대한 근본적인 이해가 없다면 하나의 특별한 재주를 가진 것에 불과합니다.

타지에서 의과대학을 마치고 고향인 포항에서 개업의로 활동하면서 진료 외에도 지역사회에 관심을 가지고 여러 가지 프로그램과 행사를 진행하고 있습니다. 그럴 때마다 여러 사람들이 '왜 의사가 이런 활동을 하느냐'고 묻습니다. 지난 해 서울의 모대학교 행정대학원의 국가정책과정에 지원해 면접을 받을 때도 이와 비슷한 맥락의 질문을 받았습니다. 대개 사람들은 의사가 사회문제나 지역사회에 관심을 가지고 다른 활동을 하는 것에 대해 의아해 합니다. 저는 이럴 때마다 의사라는 직업에 대한 사회의 시선을 읽을 수 있습니다. 이를테면 사회와 단절된 채 높은 고탑 위에 갇힌 공주나 왕자의 모습처럼 의사를 바라보는 것이 연상되어 아찔해 집니다.

하지만 세상과 떨어져 홀로 살아가는 사람이 행복할까요? 마치 무인도에 남겨진 로빈슨 크루소처럼 자신의 왕국을 만들고 스스로 왕이 된다 한들 그게 어떤 의미가 있을지 의문입니다. 사람을 뜻하는 한자어인 인간은 서 있는 두 사람이 서로를 기대어 선 모습의 글자 人과 관계를 맺음으로서 얻게 되는 사이 間이 합쳐진 뜻이지 않습니까. 이는 사람이 서로 접촉하고 관계를 맺음으로서 비로소 사람다움이 성립된다는 의미일 것입니다. 그런데 이 관계가 흔들리고 있기에 우리 사회 곳곳이 위태로워지고, 사람답지 않은 관계들로 인해 비정한 사회가 되고 있다고 봅니다.

이런 사회에서 사람은 행복해질 수 없습니다. 하물며 개인주의적 성향이 강하다는 스마트폰 세대조차 사이버 공간 속에서 애완견을 돌보고 식물을 키우고 또 익명의 누군가와는 늘 대화창을 열어놓는 것을 보면 어쩌면 누군가의 관심을 바란다는 잠재적인 소망이 자리하고 있다고 생각합니다.

저는 인간다운 의사이고 싶습니다. 제가 늘 의사라는 직업인 이전에 인간으로서 차가운 지성과 뜨거운 감성을 지니고자 노력하는 까닭이 거기에 있습니다. 그것이 꼭 의사의 처방이나 수술이 아니더라도 치유가 가능하다면 그 일을 즐겁게 하는 게 이 사회의 일원으로서 마땅히 해야 할 일이라고 생각합니다. 돌봄이 많은 사회가 건강한 사회입니다.

오늘 중앙상가 실개천을 따라 북포항우체국 앞까지 걸어가 봤습니다. 제가 일하고 있는 병원에서 북포항우체국까지는 걸어서 대략 오 분 정도 걸립니다. 중심가에 사람이 많으면 좀 더 걸리는 경우도 있습니다. 포항에서 차가 다닐 수 없는 보행자 중심의 거리는 이곳이 유일합니다. 주로 십대부터 삼십대까지 젊은 이들이 모이는 중앙상가는 오랫동안 포항의 번화가로 자리한 곳이지요. 하지만 포항의 1번지 번화가였던 중앙상가 일대조차 장기적인 경기침체로 인하여 문을 닫는 가게들이 많아지고 있습니다. 여기에 도심이 확장되면서 새로 생겨난 신도시로 사람들이 이주하고 중앙상가와 같은 구도심의 공동화 현상이 심해지고 있습니다.

이러한 상황을 극복하기 위한 방안으로 '중앙상가 실개천 거리'가 만들어진 것입니다. 2007년 6월부터 9월까지 포항시가 23억8천만 원의 시비를 들여 길이 657m, 폭 11m규모의 실개천 거리를 조성했습니다. 인공폭포와 벤치를 설치하고, 도로판석 포장과 목제데크 바닥시공, 가로등을 설치해 공간의 편리성과 거리 미관을 살리는 한편, 하수도 정비 등을 통해 이 일대의 생활 시설을 개선하는 데 많은 공을 들였습니다. 당시 이 실개천 사업은 '2008 도시대상 국토해양부장관상' 수상을 비롯해 '제3회 대한민국 공간문화대상'에서 대상을 받았습니다. 한국디자인정책학회가 주관하는 '2008 디자인 정책 공모전 우수상(한국정책학회장상)'도 수상했습니다. 하지만 이렇게 주목받았던 실개천 조성사업을 벌였던 지역이 2013년 하수관거 정비공사 대상 구간으로 정해져 이미 만들어진 시설들을 철거해야 한다는 사실이 언론을 통해 알려지면서 당시 실개천 공사가 무리하게 진행된 것은 아니냐는 의문이 제기되기도 했습니다.

그런데 이런 생각이 듭니다. 애초 문제의 핵심은 이미 여러 도시에서 안고 있는 구도심의 공동화 현상을 해결하고, 도심을 활성화 시킬 수 있는 방안이 무엇이냐는 것입니다. 물론 해결은 쉽지 않습니다. 하지만 무분별한 토건사업의 흔적이 배어있는 실개천 조성사업을 문제 삼는다는 것은, 문제를 다시 원점으로 돌리는 이상도, 이하도 아닙니다. 구도심이 안고 있는 문제를 해결하기 위해서는 이 일대의 환경을 정비하는 차원에서는 해결할 수 없으리라 봅니다. 물론 정비 사업을 통해 노후화된 건물을 보수하고 하수도와 쓰레기처리 등 기본적인 생활주거 환경 시스템을 갖추는 것은 필요합니다. 하지만 이러한 변화보다 중요한 것은 사람들의 인식이 먼저 바뀌어야 합니다.

세계적으로 이름난 도시들의 면면을 살펴보면 그 도시들은 모두 문화가 공존하는 곳이라는 점입니다. 뉴욕이나 런던 같은 도시는, 외관상으로는 높은 빌딩과 상점이 주를 이루는 것처럼 보입니다. 하지만 그 도시들이 오랜 기간 명성을 유지할 수 있었던 배경에는 문화와 예술이 있습니다. 2012년 런던시가 세계적인 문화도시를 선정해 도시별 문화정책을 분석한 『세계도시문화보고서World Cities Culture Report 2012』를 발표했는데, 문화가 우수한 도시들은 모두 경제적 풍요로움도 함께 누리고 있었습니다.

내용을 살펴보면 문화예술이 도시경제 성장의 주요 동력임을 인정하고 있고, 문화가 도시의 경쟁력을 높이는데 중대한 영향을 미친다는 것을 지표로 보여주고 있습니다. 또한 창의산업이 도시 내에서 급속도로 성장하는 분야라는 것이 공통점이라고 밝히고 있습니다. 그리고 이러한 도시의 문화정책은 문화예술을 독립적인 부문으로 두기보다는 사회, 경제, 정치 등 도시 전반에 걸쳐 문화적 측면이 고려될 수 있는 체계를 지향하고 있습니다. 결론적으로 문화가 경제성장과 사회발전의 주요 동력이라는 것에 이견을 두지 않는다는 것입니다.

하지만 포항시민들 상당수는 이 사실을 아직 받아들이지 못하는 것 같습니다. 아니, 정확하게는 문화를 통해 포항이 달라질 수 있다는 것을 경험해보지 못했기에 그럴 겁니다. 문화는 눈으로 보거나 손으로 만질 수 있는 실체적 대상이 아니기 때문에 그럴 수 있습니다. 그렇지만 중앙상가의 빈 점포들이 술집이나 노래방이 아닌 갤러리나 공방 같은 문화 공간으로 탈바꿈하고, 건물 옥상에 예술과 농업이 접목된 프로젝트가 진행된다면, 농사를 지으러 시민들이 방문할 수 있습니다. 또 직장인들이 퇴근 후 중앙상가에 들러 새로운 창작공간에 합류할 수 있으며, 젊은이들이 다른 도시로 떠나기보다는 이 지역에 머물며 자신의 미래를 위해 투자할 무언가를 만드는 회사를 차릴 수도 있습니다.

저는 이것이 불가능하다고 여기지 않습니다. 2010년 중앙상가에 있는 지하실을 빌려 판소리 감상회를 정기적으로 연 적이 있었습니다. 알음알음 감상회 공간을 찾아온 시민들은 어두워진 중앙상가의 텅 빈 상점거리를 지나서 그곳에 도착했습니다. 중앙상가 대로에 낮게 흘러나오던 판소리 가락이 감동적이었던 것은 단지 그 가락이 좋아서만은 아니었을 것입니다.

우리는 작은 물줄기가 모여 큰 바다를 이룬다는 사실을 자주 잊어버립니다. 삶의 만족과 행복이 멀리 있는 것이 아닌 데도 주변의 작은 변화를 느끼는 데 인색합니다. 그렇다고 문화가 산타클로스 선물처럼 갑자기 지역경제를 살리고 모두의 살림이 당장 나아지게 하는 만능의 열쇠라고는 얘기하는 것은 아닙니다. 문화가 밥을 만들어주지는 않습니다. 문화는 나와 너의 관계맺음이며, 이 관계맺음의 매개가 되는 것이 예술입니다. 삶이 지금보다 풍요롭고 편리하고 아름답기를 바라는 사회 구성원이 더불어 경험하고 공유하고 널리 전파하는 행동의 형태인 것입니다.

사람들의 인식이 바뀌어야 한다는 것은 문화의 잠재적 가치를 믿고 이러한 행동을 실천할 수 있는 토대를 만들어야 한다는 것을 의미합니다. 하지만 이것은 공무원이나 정책이 만들어주지는 않습니다. 사회구성원의 자발적 의지와 시민의 힘으로 시작할 수 있는 것이 문화입니다.

나무가 더불어 숲을 이루고 사람들이 더불어 사회를 이루듯이 우리는 더불어 부대끼며 살아야 합니다. 하지만 '함께' 있는 것만으로 조화를 이룰 수 없기에

'나눔'이 있어야 합니다. 의사로서 가진 내 재능을 나눌 수 있어야 하고, 또 예술을 좋아하지만 혼자 즐기는 것을 넘어 지역 사회와 함께 누려야 한다는 의지가 있어야만 우리 지역의 문화적 가치가 지속가능한 유산으로 만들어질 수 있을 것입니다.

학도의용군 전승기념관

탑산에
이르는 길

포항역 뒤편에는 봉긋 솟은 산이 하나 있습니다. 본래 이름은 죽림산竹林山
이지만 포항 사람들은 이 산을 보통 '탑산塔山'이라고 부릅니다. 6.25전쟁 때 학도
병으로 지원해 순국한 이들을 추모하기 위해 세워진 충혼탑이 있어, 그렇게 바뀌
게 되었다고 합니다.

당시 포항은 낙동강 최후 방어선이었기 때문에 치열한 전투가 몇 차례 있었습
니다. 영화 '포화 속으로'의 배경이 되기도 했던, 포항여중 전투는 전국에서 가장
많은 학도의용군이 희생될 정도로 치열한 전투였습니다. 탑산에 있는 학도의용
군 전승기념관 한쪽 벽면에는 이 전투에 참가했던 어느 어린 학도병이 어머니께
쓴 편지가 남겨져 있습니다. 전투가 시작되기 직전 그는 살아서 어머니의 곁으로
돌아가겠다는 다짐을 하지만, 이 약속은 끝내 지켜지지 않았습니다.

전투에 참가했던 학도병들은 고작 십대 후반에서부터 이십대 초반의 나이였
습니다. 그들은 제대로 된 훈련조차 받지 못한 채, 총 한 자루만 가지고 적과 싸
워야 했습니다. 전쟁을 겪어보지 못한 젊은 세대가 이런 전쟁기념관에 들어서면
공감할 수 있을까요? 불과 60여 년 전에 자신과 비슷한 나이의 사람들이 이 땅
을 지키기 위해 목숨을 바쳐야 했던 마음을 가늠하기는 쉽지 않을 것입니다. 이
들은 지금 당장 치러야 하는 치열한 입시경쟁과 생존경쟁을 눈앞에 두고 있습
니다.

물론 이들을 비난할 수는 없습니다. 이들이 안고 있는 문제는 기성세대의 책
임이자 함께 짊어지고 가야 할 과제라는 점은 분명합니다. 이런 점에서 무엇보다

자라나는 세대들에게 이 땅의 역사를 알리고 이해시키는 일은 지금 당장 시작해야 합니다. 역사를 모르는 국민에게 미래란 없습니다. 역사를 공부한다는 것은, 모든 교육의 근간인 동시에 자신의 정체성을 생각하고 확인할 수 있는 근간이기 때문입니다.

탑산이 있는 용흥동은 제게는 너무나 익숙한 동네입니다. 탑산 앞에 위치한 포항의료원 분만실에서 태어나 포항에서 제일 오랫동안 살았던 동네니까요. 잠시 죽도동에 살았던 적도 있지만 처음 포항을 떠난 뒤 다시 돌아와 신혼집을 마련했던 곳도 용흥동이었고, 지금도 본가가 있어 일주일에 한두 번은 꼭 들르게 됩니다.

지금은 흔적조차 남아있지 않지만, 어린 시절 포항의료원 앞에는 제법 큰 연못이 하나 있었습니다. 겨울에 종종 그곳에서 스케이트를 타던 좋은 놀이터였습니다. 하지만 1980년대 초, 연못을 매립해 해양경찰서 건물이 들어섰습니다. 지금은 해양경찰서도 이전한 상태입니다. 불과 삼십 년이라는 시간동안, 이렇게 동네의 풍경이 여러 번 바뀐 것을 보면 여러 생각이 듭니다.

포항에서의 첫 직장이 바로 포항의료원이었습니다. 예전엔 도립병원이었던 포항의료원은 제가 태어난 곳이자, 한때 아버지가 이곳이 약제과장으로 근무하신 적이 있었습니다. 오랜 객지생활을 마치고 고향에 돌아와 아버지가 일하신 곳에서 제가 일한다는 게 한편으로는 뿌듯하면서도 묘한 기분이 들었습니다.

돌이켜보면 제 삶의 새로운 전환점이 되었던 시기는 모두 이 용흥동에서 비롯되었던 것 같습니다. 서울아산병원에서 인턴과 레지던트 과정을 마치고, 공중보건의로 의성군 사곡면 보건지소에서 근무한 후, 포항에서의 첫 직장이 바로 포항의료원이었습니다. 예전엔 도립병원이었던 포항의료원은 제가 태어난 곳이자, 한때 아버지가 이곳의 약제과장으로 근무하신 적이 있었습니다. 오랜 객지생활을 마치고 고향에 돌아와 아버지가 일하신 곳에서 제가 일한다는 게 한편으로는 뿌듯하면서도 묘한 기분이 들었습니다.

　　아버지와 저는 사이가 무척 좋았습니다. 자식을 대하는 아버지의 마음이 늘 고마웠고 그것에 부응하기 위해 노력을 많이 했습니다. 물론 아버지를 이해하고 그 분의 삶을 이해한다는 것은 다른 차원의 이야기입니다. 다만 딸부자인 제가 딸바보가 될 수밖에 없는 배경에는 아버지께 물려받은 유전적, 교육적 요인이 상당하다는 것을 최근 실감하고 있는 중입니다.

　　사실 고향에 돌아온 지도 13년이 흘렀지만, 이 용흥동에 들어서면 제 생체시계가 거꾸로 돌아가는 듯한 느낌입니다. 특히 어릴 적 탑산에 자주 올라가 포항 시내를 내다보는 것을 좋아했던 저는 이곳에 오면 꼭 십대 시절의 이재원을 만나게 됩니다.

　누구나 어릴 때 비밀스러운 혼자만의 장소가 있었을 것입니다. 부모님께 혼이 나거나 학교에서 화가 나는 일이 있을 때, 아니면 제 자신이 한심스러워 그 누구의 시선도 받기 싫을 때 숨어드는 장소 말입니다. 제겐 탑산 꼭대기가 그런 공간이었습니다. 이곳에서 소년 이재원은 자신의 미래를 그려보는 상상과 자유의 시간을 마음껏 누렸습니다.

　또래 학생들보다 꽤나 조숙했던 이재원은 여기서 '조국통일'라는 원대한 꿈을 품었기에 학창시절 내내 육군사관학교에 들어가리라 마음먹었습니다. 그 당시 분위기는 그랬습니다. 백범 김구선생의 『백범일지』를 읽고 피가 뜨거워지던 시절이라, 사회에서 뭔가 주체적인 일을 하려면 육사에 가는 게 당연하다고 느꼈으니까요. 하지만 고3때 부모님과 선생님께 이 포부를 말씀드렸지만 반응은 영 신통치 않았습니다. 그럼에도 불구하고 특차전형으로 육군사관학교에 지원했지만 시력이 나쁜 탓에 2차에 걸쳐 진행된 신체검사에서 떨어졌습니다.

고등학교 시절 때의 사진을 다시 꺼내보니 반갑기도 하면서도 낯선 것은 그간의 세월 탓일까요. 누구나 나이가 들면서 바뀌는 게 있지만 또 바뀌지 않는 것도 있을 것입니다.

솔직히 그때 제 인생에서 처음 낙방을 경험했습니다. 사람의 몸에서 그렇게 많은 눈물이 나올 수 있었다는 것을 그때 처음 알게 되었습니다. 울기도 많이 울었지만 이대로 길을 못 찾고 영원히 헤매게 될 것 같은 불안감 때문에, 난생 처음 두려움을 느꼈습니다. 하지만 이때까지만 해도 열패감은 느끼지 않았던 것 같습니다.

그렇게 낙방의 경험을 안고 대학 전기시험을 준비하는데 막상 대학에 가려니 의대와 공대 말고는 선택할 수 있는 전공이 별로 없더군요. 별 흥미가 생기지 않는 과를 선택하기보다는 그래도 다방면의 분야가 접목되는 건축을 배워보고 싶었습니다. 하지만 결과는 낙방이었습니다. 먼저 번 육사 실패라는 학습효과 때문인지 그리 실망도 크지 않았습니다. 그래서일까요. 서울에 사는 고모님 댁에서 재수생활을 하러 포항을 떠난다는 것 역시 실감이 나지 않았습니다. 그때까지만 하더라도 앞으로 영영 육사를 지원할 수 없다는 실망감이 큰 상태라 아직 제가 처한 상황을 깊이 생각할 겨를이 없었던 것 같습니다.

어쨌든 재수생활을 시작할 수밖에 없었고 다른 데 한 눈 팔지 말자는 의미에서 머리도 밀고 교련복을 다시 꺼내 입었습니다. 지금 생각해보면 꽤나 살벌한 재수생으로 비추어졌을 것입니다. 학원 동기들과도 쉽게 말 한 마디 안 섞는 뻣뻣한 시골촌놈에 대해 주변에서 말들이 좀 있었다는 것을 나중에 알았습니다. 하지만 그렇게 제 스스로에 대한 날을 세우지 않았다면 그 시절을 버티기가 어려웠을 것입니다.

그렇게 재수생활을 보내고 그해 역시 같은 대학의 건축과를 지원했지만 또 떨어졌습니다. 다시 대구에서 삼수를 준비하면서 같은 대학의 동일한 과를 세 번째 지원했지만 결과는 달라지지 않았습니다. 할 말이 없더군요. 공부에만 매진했음에도 연이어 시험에 떨어지니 부모님을 뵐 면목이 정말 없었습니다. 그러던 차에 아버지는 자신이 의대에 떨어져 약대를 다니게 되었는데 자식은 의대에 갔으면 하는 바람이 있다는 것을 얘기하셨습니다. 그렇게 해서 당시 후기였던 울산대학교 의예과에 들어가게 되었습니다.

비로소 대학생이 되었지만 캠퍼스 생활은 그리 재미가 느껴지지 않았습니다. 환경이라는 게 정말 중요하다 느낀 것은 그때였습니다. 대학에 가면 피아노를 배우고 싶었지만 그때 울산에서 성인 남자가 피아노를 배울 수 있는 곳은 없었습니다. 용케 대학가 근처 피아노 학원의 문을 두드렸지만 다음날 학원문은 닫혀 있었지요. 그래도 학원생활에 비해 시간이 정말 많이 났습니다. 유럽과 일본으로 배낭여행을 떠났던 것도 그때였고 술을 가장 많이 마신 시기도 그때였습니다. 그렇게 예과 2년을 지내다 의대 본과 수업을 받으러 서울 아산병원에서 생활하게 되었습니다. 그리고 우연히 병원의 노동조합 사무실에서 발견한 장구를 보고 풍물패 수업을 듣게 되면서 제 가슴이 다시 뛰기 시작했습니다.

고향에 돌아온 지도 13년이 흘렀지만, 이 용흥동에 들어서면 제 생체시계가 거꾸로 돌아가는 듯한 느낌입니다. 특히 어릴 적 탑산에 자주 올라가 포항 시내를 내려다보는 것을 좋아했던 저는 이곳에 오면 꼭 십대 시절의 이재원을 만나게 됩니다.

용흥동에서 자란 이재원이 타향살이를 마무리하고 고향에 다시 돌아와 만나게 된 소년 이재원은 변함없습니다. 작은 체구지만 곧게 허리를 펴고 눈에는 힘이 들어가 있네요. 그의 눈빛은 여전히 뜨거운 열정과 굽힐 줄 모르는 신념 같은 게 서려 있습니다. 소년의 얼굴이 반갑지만 낯설기도 한 것은 그간의 세월 탓일까요. 누구나 나이가 들면서 바뀌는 게 있지만 또 바뀌지 않는 것도 있을 것입니다. 저는 소년 이재원의 겁 없는 열정만큼은 그대로 간직하고 싶다 생각하면서도 이내 제 기억 속에 어렴풋이 떠오르는 부끄러움 같은 걸 느낍니다. 이게 뭘까 생각해보니 제 지난날의 아집과 오만입니다.

소년 이재원의 열정은 넘쳐났지만 자기중심적인 생각이 컸기에 사람들과 어울리기보다는 혼자서 강해지려는 마음이 더 앞섰습니다. 하지만 혼자 강해진다고 생각하는 건 어리석은 생각입니다. 이 세상은 한사람의 힘만으로는 절대 달라지지 않으니까요. 그저 한사람 한사람이 모여 서로에게 힘을 보태고 기댈 수가 있을 때 세상이 달라질 수 있을 것입니다.

포항시립미술관

알쏭달쏭한
이것

환호공원에 위치한 포항시립미술관의 《Movement Steel Art》 기획전시 중에 보고 싶은 작품이 하나 있어 전시장을 들렀습니다. 환호공원은 영일대해수욕장 맨 끝에 있는 해안마을인 설머리의 뒷동산을 시민들이 즐길 수 있는 휴식공간으로 조성한 곳입니다. 산 전체의 풍성한 수목과 현대조각품, 야외공연장 등이 있어 포항의 새로운 문화공간으로 각광을 받는 곳이지요. 미술관 옆 공원인 셈입니다.

환호공원 안에 있는 포항시립미술관은 2009년 12월 개관해 '시민이 감동하는, 작지만 차별화된, 세계적인 미술관'을 운영목표로 하고 있습니다. 영문으로는 POMA POhang Museum of steel Art, 글자 그대로 읽으면 '포마'입니다.

2013년 7월 기획전시였던 《바람의 풍경, 이창연 展》을 통해 작고하신 포항출신 화가 이창연 선생을 알게 된 것은 큰 수확입니다. 이창연 선생의 작품에는 포항의 바다와 마을이 주요 배경이 되는데, 따뜻하면서도 장난기 어린 시선과 소박한 웃음을 담아내는 서정성을 물씬 느낄 수 있습니다. 무엇보다 그가 포착하고 표현한 이 땅의 내력이 그리 단순하지 않았습니다.

포항에서만 태어나 줄곧 사셨던 선생은 주로 영일대해수욕장이 내려다보이는 작업실에서 그림을 그렸다고 하는데 평소 자신의 그림에서 '된장냄새가 나면 좋겠다'는 말을 자주 하셨다 들었습니다. 그는 여느 포항사람들이 보지 못한 포항의 세밀한 구석을 수백 번, 수천 번 들여다보고 이것을 화폭에 담았던 것입니다. 진실을 파고들어 그것을 독창적이며 정직한 기법으로 그려내는 것이야말로 진정한 예술가의 역량이라 생각합니다. 이창연 선생이 언급한 된장냄새는 왠지 이러한 맥락과 맞닿아 있다는 생각이 듭니다. 그저 예쁘기만 한 그림에는 선생은 별 관심을 가지지 않았던 것 같습니다.

제가 만난 판소리 명창들도 이와 비슷합니다. 명창이라는 칭호를 받을 수 있는 소리꾼은 단지 그가 가진 기량과 예술적 역량만으로 인정받는 것은 아닙니다. 흔히 소리꾼의 역량은 판소리 대목을 듣고 '구성이 있다, 없다'로 판단합니다. 이 것은 소리꾼이 다양한 영역대의 소리를 구사하느냐와 삶의 애잔함을 담고 있느 냐를 포함해 판단합니다. 진정한 소리에는 사람에 대한 깊은 이해와 연민이 담겨 있어야 합니다. 이것에 통달한 소리꾼을 두고 평소 조상현 명창은 '자기 마음대 로 내는 소리'를 가진 소리꾼이라 말하십니다.

날씨도 꽤 쌀쌀한 것이 포항에 드물게 눈이라도 내릴 기세입니다. 이렇게 평일 궂은 날씨에 미술관을 방문하는 사람이 있을까 싶은데, 웬걸 관람자가 꽤 있네요. 사실 가급적 관람자가 붐비지 않는 시간에 전시를 천천히 보고 싶었지만, 이런 호사를 누리기는 힘들지요. 포항에서도 좋은 전시를 알아보는 관람자가 많아지는 건 긍정적인 변화입니다.

이번 전시회에서 만나고 싶은 작품은 김기훈 작가의 〈Sunev〉였습니다. 며칠 전 이 전시를 갔다 온 큰 딸이 제게 이 작품이 재미있다고 얘기했거든요. 초등학교 5학년이 봐도 재미있으면 정말 좋은 작품이겠구나 싶었습니다.

움직이는 그의 작품을 감상하려면 느긋하게 여유를 가지고 지켜봐야 합니다. 철로 만들어진 두 덩어리의 기둥 사이를 한참 응시해야만 비로소 작가가 의도한 형체를 알아볼 수 있습니다. 두 덩어리의 물체가 작품이라 생각해 물체가 돌아가는 쪽만 보면 보이지 않을 수 있습니다. 작가는 두 덩어리가 만들어진 빈 공간에 밀로의 비너스를 숨겨놓고는 작품의 제목인 'Venus'를 거꾸로 해서 매달아놓았습니다.

물론 어떤 관람자들에게는 이러한 작품의 접근법이 당혹스럽게 느껴질 수도 있지만 현대예술은 관람자와의 적극적인 소통과 참여를 전제로 하기 때문에, 관람자가 편하게 관람만 하는 것을 지양하는 것일 뿐입니다. 보통 현대예술이 낯설고 어렵다는 인식은 이러한 소통법이 익숙지 않아 발생하는 경우가 많습니다. 작품과의 소통법을 알게 된다면 이러한 전시도 재미있게 감상할 수 있습니다. 특히

아이들이 이런 전시를 좋아하는 것은 그들이 편견 없이 사물과 상황을 판단하는 시선을 가지고 있기 때문이라 생각합니다. 오랜만에 재미난 작품을 만나게 해준 딸아이에게 고맙다는 인사를 꼭 해야겠습니다.

〈Sunev〉 (김기훈 작)
이 작품을 감상하려면 느긋하게 여유를 가지고 지켜봐야 합니다. 철로 만들어진 두 덩어리의 기둥 사이를 한참 응시해야만 비로소 작가가 의도한 형체를 알아볼 수 있습니다. 작가는 두 덩어리가 만들어진 빈 공간에다 밀로의 비너스를 숨겨 놓고는 작품의 제목은 'Venus'를 거꾸로 해서 매달아놓았습니다.

대개 고요한 전시장의 풍경이 복잡다단한 세상과는 담을 쌓은 공간처럼 보이지만, 치열한 세계관을 가지고 있는 작가들의 작품을 만나게 되면 그 어떤 현장을 마주하는 것보다 강렬하게 이 세상의 본질을 만나게 됩니다. 이미 알고 있다고 생각하는 정보나 인식이 기존 틀에서 벗어나면 새로운 발상의 전환 또한 가능합니다. 어떤 사람들은 예술이 낯설고 어렵다고 얘기하지만 일상의 연장선상에서 문화를 즐길 수 있는 환경과 교육이 마련된다면 우리의 삶은 한층 풍요롭게 바뀝니다. 이는 물질적 보상이 따르는 것은 아니지만 그보다 더 값진 것을 보상해 줍니다.

대학시절 유럽배낭여행을 통해 접한 몇몇 도시들은 상상했던 것에서 크게 달라 보이지 않았습니다. 거리의 건물과 풍경은 다르지만 그 속에 살아가는 사람들의 모습은 때론 우리보다 더 소박해 보였습니다. 물론 유명 관광도시의 경우 도시의 원주민보다 관광객이 더 많다는 것을 실감했지만, 사람이 살아가는 모습에는 큰 차이가 없어보였습니다.

하지만 그건 단편적인 인상이었습니다. 독일 프랑크푸르트의 시립미술관에서의 기억은 그야말로 문화적 충격이었습니다. 평소 독일인이 검소하고 진지하다는 인상을 가지고 있었지만, 그들이 그림을 감상하는 태도는 다른 유럽의 대도시와도 사뭇 달랐습니다. 물론 프랑크푸르트도 대도시이긴 하지만 그렇게 많은 중년의 남성 관람객이나 노부부가 미술관의 상설 전시장을 관람하는 모습은 무척 낯설었습니다. 그들은 말끔한 옷차림을 하고 르네상스 시대의 그림 하나하나를 꼼꼼히 눈여겨보았고, 때론 깊은 사색에 빠져있는 듯 보였습니다. 다른 관람자의 감상을 방해하지 않으려는 세심함은 자연스레 몸에 배어 있었습니다. 이들의 삶 속에서 문화와 예술이 이렇게나 자연스러운 것이라는 것이 놀라웠습니다.

사실 우리 세대들조차 미술관과 공연장의 문턱이 그리 낮게 느껴지지 않는데, 하물며 윗세대가 이러한 문화공간에 익숙해지는 건 더더욱 어려울 것입니다. 이런 환경을 바꾸지 않은 채 문화예술의 가치를 이야기하는 것은 공염불에 불과합니다. 아무리 앞으로의 시대에서 문화가 곧 경제고 국력이라 말한다한들, 장기적인 정책이나 방안이 제시되지 않는다면 구호에 그치는 정책이 될 것이 자명합니다. 물론 이런 책임론에서 저 또한 자유롭지 못하다는 걸 잘 알고 있습니다. 이제부터 다음 세대를 위해서라도 조금씩 계획하고 실천해 나가는 일을 하고 싶습니다.

　　이번 전시회가 '스틸 아트 뮤지엄'이라는 포항시립미술관이 추구하는 특
성을 반영하는 기획전이다 보니 당연히 철을 주재료로 사용하는 작품이 많았습
니다. 사실 포항이라는 도시의 내력을 살펴보면 '철'이 빠질 수 없습니다. 물론
국가 기간산업인 포항제철로 이어지는 철강도시의 이미지가 가장 대표적이겠지

만 『삼국유사』에 실려 있는 일월신화인 연오랑세오녀延烏郎細烏女 이야기나 국보 제264호인 영일 냉수리 신라비에 새겨진 신광면의 지명 유래 등을 통해서도 포항이 고대의 제철산업과 관련된 곳임을 알 수 있습니다.

이렇게 지역의 특수성을 반영해 동시대의 문화적 맥락과 연결시켜 보편성을 획득하는 미술관이야말로 '자생력 있는 21세기 미술관'이 될 수 있다고 매체 인터뷰에서 밝힌 김갑수 포항시립미술관 관장님의 얘기는 충분히 수긍이 가는 대목입니다. 그는 이곳 관장이 되기 이전부터 포항의 문화적 자산의 가치와 소중함을 알리고, 일찌감치 여기서 활동하는 예술가들, 문화연구가들과 함께 지역문화운동을 펼쳤습니다.

2009년쯤으로 기억하는 데 당시 포항시를 상대로 지역의 문화정책을 촉구하는 '포항예술인 100인 성명'을 발표한 적이 있습니다. 이때 시향사모(포항시립교향악단을 사랑하는 사람들의 모임) 대표로 그 자리에 참석하게 되어 관장님께 "산조 공연 한 번 보러 오십시요" 했는데 얼마 지나지 않아 '명인의 산조 듣기' 공연을 보러 오셨지요. 당시 저는 혼자 고군분투하며 나름대로 지역문화를 활성화시키기 위해 여러 판소리 공연기획과 시향사모 활동을 하고 있던 때였습니다.

산조 공연을 본 관장님은 자신도 예상치 못한 좋은 공연을 만났다며 "이런 공연을 포항에서 더 자주 접하게 되면 좋겠다"고 하셨습니다. 저는 사실 외지에서 대학시절을 보내다보니 그간 포항에서 진행된 지역문화운동의 내용을 나중에서야 알게 되었습니다.

1980년대 후반부터 포항의 미래를 위해 지역사회가 나아가야 할 방향성과 문화적 연대를 조성하기 위해 결성된 (사)포항지역사회연구소나 포항예술문화연구소 등의 활동은 민간이 주도적으로 벌인 시민활동이었습니다. 사실 포항이라는 도시의 성장 배경을 살펴보면 상당 부분 외부의 영향을 받아 이 도시가 움직여 왔다는 것을 알 수 있습니다. 1930년대 일제시대 때 식민지 행정에 의해 항구 도시로 개발되었다가 1950년대 한국전쟁 이후에는 미군과 해병대가 들어오면서 인구가 늘었지요. 그러다 1960년대 후반 포항제철이 설립되면서 이곳은 급속한 도시 근대화가 이루어졌습니다. 하지만 이런 도시발전의 거대한 맥락에 가려 잘 드러나지는 않았지만, 이 사회를 바꾸기 위해 시민의 한 사람으로 활동한 선구자들이 있다는 것이 큰 위안이 됩니다.

유럽의 문예이론가인 루카치가 그랬다지요. '별이 빛나는 창공을 보고, 갈 수가 있고 또 가야만 하는 길의 지도를 읽을 수 있던 시대는 얼마나 행복하냐'고 말입니다. 이 말을 이렇게 빗대어 봅니다. 포항을 위해 자신의 젊은 시절의 열정을 쏟은 선배들이 있기에 그들의 행적을 좌표 삼아 이곳의 문화적 가치를 이어가려는 후속주자가 길을 걸어갈 수 있을 것입니다. 그것이 이 험한 세상을 헤쳐나갈 수 있는 또 다른 별입니다.

포항운하

물은
흘러야만 한다

2013년 11월 통수식을 마친 포항운하는 지난 40여 년 동안 막혀 있던 형산강 하구부터 동빈내항에 이르는 1.3km 구간의 물길을 터서 이 일대를 살리려는 도심재생 프로젝트입니다. 죽도시장 앞으로 흐르는 샛강이 동빈내항에 이르는데, 호미곶에 위치한 새천년기념관에서 전시하고 있는 옛 포항시내의 풍경사진을 보면 반세기 전만 하더라도 이곳 포항 시내가 여러 물길로 나누어져 있는 것을 확인할 수 있습니다. 하지만 포항제철이 들어서면서 도심의 주택난을 해결하고 홍수를 막기 위해 매립과 지중화 사업이 이루어져, 동빈내항으로 흘러드는 강물 일부와 상당수의 하천이 모두 도로 아래로 흐르게 되었습니다. 당시 동빈내항 주변은 악취도 많이 나고 강물도 그리 깨끗하지 못했습니다.

제가 어렸을 적만 하더라도 동빈내항에 정박한 어선들에게 얼음을 제공해주는 얼음공장이 많았는데, 컨베이어벨트를 이용해 어선의 저장고에 얼음을 쏟는 모습이 매우 인상적이었습니다. 공사를 하기 전, 동빈내항의 강물은 아주 맑아 물고기가 떼를 지어 다니고 파도가 심한 날에는 물살을 못이긴 물고기들이 죽도시장 길 위로 올라올 정도였다고 합니다.

동빈내항은 과거 포항경제를 좌지우지할 정도로 수산업이 번창했던 곳입니다. 지금은 청어가 귀해 꽁치로 과메기를 만들지만, 1930년대 청어잡이가 호황이었던 때에는 일본과 만주에까지 청어와 청어가공품을 수출했다고 합니다. 그러다 포항제철이 들어서면서 늘어나는 물류량을 처리하기 위해 국제항으로 승격되었지만, 항만의 규모가 들어오는 물류량를 감당하지 못했습니다. 따라서 지금의 포항 구항과 영일만 신항으로 물류 시설과 여객선 터미널이 이전하게 되어, 동빈내항의 어선 출입이 급격히 줄게 되었지요. 여기에 강물이 막힌 동빈내항은 각종 생활쓰레기가 수북하게 쌓이고, 온갖 오폐수가 흘러들어, 항구 주변의 오염이 심해지자 결정적인 쇠퇴일로를 맞이하게 된 것입니다. 사정이 이렇다보니 포항시민들에게 '동빈내항 살리기'는 오랜 과제였습니다. 결국 다시 땅을 파서 옛 물길을 살리는 공사가 2009년에 시작되어 오늘에서야 끝나게 된 것입니다.

한때 그 흐름이 멈춰진 형산강과 물길이 막혀버린 동빈내항이 오염된 폐수로 가득하고 썩어갔던 것을 생각한다면, 우리도 가능하면 정체되지 않고 계속 흘러가야 할 것입니다.

포항운하의 통수식이 끝난 후에도 동빈내항에서 형산강 하구의 선착장에 이르는 구간정비 공사가 한창입니다. 하지만 전체적인 운하의 형태나 분위기는 짐작할 수 있습니다. 앞으로 포항시는 이 구간에 수변공원, 수상카페, 분수공원 등을 조성해 도심 속 관광레저형 운하를 만들 예정이라고 합니다. 내년 3월이면 형산강 선착장에서 출발해 죽도시장, 송도해변 등을 운항하는 유람선을 즐길 수 있습니다. 이제 곧 동빈내항도 달라지겠지요. 벌써부터 포항운하를 거점으로 '해양관광도시'라는 지위를 확보할 수도 있다는 희망에 가득합니다.

하지만 모든 상황이 긍정적인 것만은 아닙니다. 이 사업의 취지는 동빈내항의 물길을 살리고 수질을 개선하는 생태복원 도심재생 프로젝트입니다. 하지만 이 일대에 조성되는 관광단지나 수익성에 중점을 둔 상업공간 개발안이 알려지면서, 개발사업으로 인한 또 다른 환경오염이나 개발논리가 적용되는 게 아니냐는 우려도 있습니다.

산업화 논리로 동빈내항의 물길을 매립했던 당시에는 강물의 순환이 얼마나 중요한지 알 수 없었을 것입니다. 그때는 먹고 사는 게 급했던 시절이라 그랬다고 하지만, 지금 우리의 생각은 그때와 크게 달라졌을까요? 포항운하를 보러 동빈내항에서 형산강 하구를 향해 걸어가면서 생각해보지만 명쾌한 답이 떠오르지 않습니다.

지금 당장 포항운하만 놓고 보더라도 사람들은 각자의 입장에서만 판단합니다. 죽도시장 상인들은 포항운하를 통해 관광객이 더 늘어나기를 바랄 것이고,

환경단체는 이 일대의 생태가 다시 망가지는 것을 염려합니다. 여기에 상업지구가 조성된다면 새로운 명소가 되어 포항이란 도시의 이름이 높아질 수 있지만, 개발이익을 챙기러 오는 거대자본 또한 이곳에 자리하겠지요.

전통적인 마을 단위는 아니지만, 포항은 도시 안에 공동체를 형성해 움직이고 있습니다. 하지만 서로가 자신의 입장과 만족만을 내세우면 이 공동체는 와해될 수밖에 없습니다. 우리는 '소통'이라는 단어를 쉽게 꺼내지만 이것을 실천하기란 정말 어렵습니다.

과거에는 국가와 관련된 거대담론에 의해 사람들의 삶의 방향이 결정되었다면, 지금은 마을 단위의 작은 공동체의 가치도 소중하다는 것을 사람들은 알아가고 있습니다. 그리고 이러한 공동체를 지지해주는 기반은 소통에 있습니다. 소통의 미덕을 그리 멀리서 찾을 필요가 없습니다. 관객과 무대 위 소리꾼이 한데 어우러지는 판소리에서 이 소통의 미덕을 발견할 수 있으니까요.

판소리는 근 300년 동안 이어오면서 많은 사람들의 생각이 녹아들고 더 좋은 소리가 살아남으면서 오늘날의 모습으로 이어지고 있습니다. 고정된 예술작품이 아니라 끊임없이 시대정신이 반영된 예술작품이 바로 판소리인 것이지요. 개인적으로 판소리의 가장 뛰어난 매력이라고 생각하는 부분은 바로 무대와 객석의 관계입니다. 판소리에서의 관객은 수동적인 관객의 자리에 머무는 것이 아니라 소리판의 중요한 일부입니다.

소리꾼이 잘할 때는 '얼씨구' 혹은 '잘한다'로, 또 슬픈 대목에서는 함께 슬픈

음정으로 '그렇지' '아먼(암)' 등의 적절한 추임새를 넣어줍니다. 추켜세운다는 의미의 추임새를 통해 소리꾼은 더욱 흥이 오르고 관객은 적극적으로 몰입하게 되며 소리판은 절정에 이르는 것이지요. 혹 소리판에서 아기 울음소리 등 예상치 못한 관객의 반응에도 소리꾼은 재치 넘치는 재담을 통해 소리판을 유쾌하게 만듭니다.

이런 판소리 무대를 우리 사회에 대입해 보면 이해가 쉬울 것입니다. 소리꾼과 관객 사이의 적극적인 소통이 만들어내는 어울림과 마찬가지로 나와는 입장이 다른 상대방이더라도 그가 하는 이야기를 듣고 서로의 입장을 이해하려 한다면 일반적인 정서만으로도 충분히 소통이 가능하리라고 봅니다.

동빈내항으로 흘러드는 형산강은 포항시의 중앙을 가로질러 영일만으로 흐릅니다. 동해로 흘러드는 강들 중 가장 긴 강인 형산강은 그 발원지인 울산을 시작으로, 이웃하고 있는 경주와 포항이 형산강을 공유하고 있습니다.

인류의 고대문명이 모두 강가를 중심으로 발달한 것에서 알 수 있듯이, 강물은 사람이 살아가는 데 필요한 생활기반을 제공해 왔습니다. 마실 물과 농사를 짓는데 필요한 물에서부터 강에서 얻을 수 있는 식량자원은 중요한 먹거리였습니다. 운송이나 적의 공격으로부터 방어를 하는데도 요긴했지요. 물 없이는 살아갈 수 없는 게 사람이다 보니 유유히 흐르는 강물은 그야말로 생명의 원천입니다.

우리 조상들도 강가에 앉아 풍류를 즐기며 흐르는 강물에 인생을 비유하기도 했지요. 지난해 하반기에 진행한 푸른문화학교의 인문학 강좌를 통해 알게 되었는데 조선시대 유학자인 회재 이언적晦齋 李彦迪, 1491~1553 선생은 형산강 둔치에서 몇 편의 시를 남기기도 했습니다. 이중 한 편을 소개하자면 이렇습니다.

〈江上對酌 偶吟示座中諸君〉 강상대작 우음시좌중제군
강가에서 마주앉아 술을 마시다
언뜻 떠오르는 생각을 시로 적어 여러 사람들에게 보이다

水淸沙白浩風煙 수청사백호풍연
물빛은 맑고 모래는 흰데 멀리 흐린 기운이 넓게 흐르고,

把酒臨江思渺然 파주임강사묘연

유유자적한 경지에서 묘연함에 잠기네.

滿座親交俱半百 만좌친교구반백

자리를 가득 메운 반백을 같이 한 친구들과

同遊追憶卄年前 동유추억입년전

함께 노닐며 이십년 전을 추억하네.

清江落葉正紛紛 청강낙엽정분분

맑은 강물 가운데로 낙엽이 분분히 날리는데,

野菊凌霜獨自芬 야국능상독자분

들국화가 서리를 이기며 홀로 향기롭도다.

得趣只應隨分樂 득취지응수분락

얻는 것은 다만 작은 즐거움을 따라야 하건만,

世間醒醉不須分 세간성취불수분

세상 사람들 술 취하고 깨듯이 마땅히 분별이 없구나.

沙頭歲晚對芳樽 사두세만대방준

모래 꼭대기에서 한 해가 저물 적에 좋은 술을 대하니.

萬類榮枯本一元 _{만류영고본일원}

모든 것의 영고성쇠가 본래 하나의 근원이었네.

入眼雲山俱物外 _{입안운산구물외}

눈에 들어오는 것은 구름 낀 산, 모든 것이 서울에서 멀리 있지만,

滿江風月亦君恩 _{만강풍월역군은}

강에 가득한 아름다운 경치 이 또한 임금의 은혜로다.

    흘러가는 강물의 고요함처럼 인생 역시 잠잠하게 흘러가면 좋겠지만, 우리의 삶은 결코 그렇지 않습니다. 사람은 살아가면서 자신의 인생을 되돌아보고, 후회할 일이 생기면 이를 다시 거스르고 싶어합니다. 하지만 흘러간 물로는 물레방아를 돌릴 수 없듯이 인생도 후진페달을 밟을 수는 없습니다. 물이 높은 곳에서 낮은 곳으로 흐르듯이 우리는 늘 이 부단한 인생을 이어갈 수밖에 없습니다.

    하지만 끊임없이 흐른다는 것은 새로운 만남의 다른 표현이며, 결국 제 자신을 정체되지 않게 해주는 것입니다. 한때 그 흐름이 멈춰진 형산강과 물길이 막혀버린 동빈내항이 오염된 폐수로 가득하고 썩어갔던 것을 생각한다면, 우리도 정체되지 말고 계속 흘러가야 할 것입니다.

청송대 산책길

이 소박한
애향심이여!

포항 시내에서 봄의 기운을 만끽할 수 있는 곳을 꼽는다면 아마도 효곡동에 위치한 영일대호텔일 것 같습니다. 영일대호텔 부근 연못가에 울창한 벚나무가 심어진 산책로가 있습니다. 영일대해수욕장은 오랫동안 북부해수욕장이라 불렸는데, 최근 영일대해수욕장이라는 원래 이름을 찾았습니다.

봄날의 환한 벚꽃구경뿐 아니라 이 일대에 조성된 녹지와 주변 경관은 전국어느 고급 주택단지와 비교해도 손색이 없습니다. 그렇다고 이곳에 호화롭고 세련된 도시시설이 많이 들어와 있는 건 아닙니다. 오히려 깊숙이 들여다보면 구식이지만 깨끗해보이는 아파트 단지 사이로 넓은 녹지가 형성되어 있고, 주변 조경이 소박한 것이 화려하지 않아 좋습니다. 호텔조차 격식과 우아함을 갖추고 있지만 위화감을 주지는 않습니다. 전체적으로 이 일대가 검소한 선비의 풍모를 닮았다고나 할까요.

이곳은 포스코가 직원들을 위한 사택과 생활기반시설을 제공하기 위해 조성한 단지입니다. 또한 과학인재 양성을 위한 연구중심 대학 포스텍이 위치해 있습니다. 포스코와 포스텍 모두 포항이라는 도시 브랜드를 확고하게 만들어준 기반입니다. 또한 포항의 미래성장 동력이라 할 수 있는 로봇산업과 방사광 가속기연구소, 생명공학연구소 등도 모두 이곳에 위치해 있습니다.

사실 아직까지 포항 시내에서 이렇게 대규모로 녹지 조성과 쾌적한 주거 환경이 마련된 곳은 드뭅니다. 그래서 대규모의 고층아파트 단지가 들어서 있는 대이동이나 장량동 등과 같은 포항의 여느 주거단지와는 분위기가 사뭇 다를 수밖에 없습니다. 한때 효곡동은 포항제철 임·직원만이 입주가 가능했던 터라 포항 사람들에게는 거리감이 있었고, 이곳의 한적한 전원단지 분위기는 그때로서는 타국에 온 것 같은 이질감을 주기에 충분했습니다. 저는 고등학교 때 고급 농구대와 우레탄이 깔린 공원이 이곳 밖에 없었기 때문에 버스를 타면서까지 굳이 이곳 공원을 찾아왔습니다. 그러나 포스텍 본관이 위치한 광장을 보며 이질감을 느꼈던 기억이 생생합니다.

최근 이 효곡동으로 이사를 하면서 이 동네에 대한 인상이 많이 달라졌습니다. 아니 집에 대한 인식이 바뀌고 있다는 것을 느낍니다. 집 밖을 나오자마자 거닐 수 있는 산책로가 있다는 것이 얼마나 기분 좋은 일이며, 마을의 도서관과 공연장에서 아이들과 함께 시간을 보내고, 날씨가 좋은 날이면 야외 테라스가 있는 카페에서 차 한 잔의 여유를 즐길 수 있는 것이 얼마나 좋은지 모릅니다.

사실 저는 집 자체에 대한 욕심은 별로 없는 편입니다. 다섯 식구 사는데 큰 지장은 없는 크기에, 채식 위주의 소박한 밥상이면 충분하다는 생각합니다. 분위기에 따라 입을 옷이 몇 벌 있으니 일단 의식주는 모두 충분하게 해결된 셈입니다.

그런데 앞으로가 걱정입니다. 자식들이야 나이가 되면 알아서 독립할테지만 앞으로 제 인생의 나머지 부분을 어떻게 하며 잘 보낼지가 관건입니다. 부모님 세대가 의식주 해결이 지상 목표였다면, 우리 세대가 누리려는 삶의 질은 기본적인 의식주 해결뿐 아니라 정서적인 휴식과 여가에 대한 욕구를 분명히 가지고 있습니다. 이런 점에서 주거환경에 대한 개선 요구가 비싼 아파트를 분양받기 위한 재테크 연장선상에서나 상권의 활성화를 통한 경제적 부가가치만을 얻기 위한 방안으로 머무는 것은 안타까운 일입니다.

우리들에게 집은 단순히 사람이 사는 공간만을 의미하지는 않습니다. 특히나 오늘날의 한국사회에서 집은 사용가치보다 교환가치가 큰 재산의 하나이며, 눈에 보이지 않는 계급으로까지 자리잡았습니다. 어느 집에 사느냐, 아니 정확하게는 어느 지역의 어떤 아파트 몇 평에 사느냐가 개인의 계층을 결정해 버리기까지 합니다. 가장 대표적인 곳이 바로 서울 강남 대형아파트겠지요. 물론 포항에서도 도시 내 주거격차가 없지는 않습니다. 도심의 공동화 현상으로 당장 남빈동과 대신동에는 학생 수가 급감해 학교가 문을 닫아야 할 상황인데, 효곡동은 교육과 의료, 문화 등의 기반시설이 잘 되어 있고 치안도 좋아 입주를 희망하는 사람이 많습니다.

주거 환경에 따라 삶의 질이 결정된다는 말에는 충분히 동의합니다. 효곡동과 같은 쾌적한 주거 환경을 갖춘 동네가 더 많아져야겠지요. 하지만 먼저 삶의 질을 높이기 위해 지역공동체가 어떤 노력을 했는지 생각하지 않을 수 없습니다. 따지고 보면 효곡동은 포스코라는 공기업이 있었기에 가능했습니다. 청암 박태준이라는 뛰어난 예지력과 리더쉽을 가진, 그리고 사심 없이 일생을 조국에 헌신했던 한 사람이 있었기에 이 모든 게 가능했던 것입니다.

도시의 삶이 확산되면서 집을 보는 시선이 바뀌었고 집에 대한 정서마저도 바뀌었습니다. 예전에는 '고향집'이 있었고 '우리 동네', '우리 마을'이라고 느꼈던 지역 공동체가 존재했지만 산업화가 진행되는 동안 이러한 것들이 사라져 버린지 오래입니다. 이제는 새로운 마을 공동체가 형성되어야 하는 시기에 이르렀습니다. 새로운 마을에서는 아이들이 놀고 공부할 수 있는 공부방과 도서관이 필요하고, 맞벌이 부모들이 자녀를 마음 놓고 맡길 수 있는 보육시설이 있어야 하며, 건강을 챙겨야 하는 중장년층을 위해 충분하고 안전한 산책로가 있어야 할 것입니다. 간혹 들를 수 있는 전시장이나 공연장이 있어 인생이 무엇인지에 대해 생각하고 자기 삶의 주체로서 인식을 새롭게 하는 여유도 필요합니다.

저는 종종 서울의 강남을 가야 하는 일이 있는데, 그 거리의 풍경은 도무지 사람냄새가 나지 않아 싫습니다. 빽빽한 빌딩 숲에 사는 것이 답답할 것 같습니다. 다행히 포항은 풍부한 녹지자원은 가지고 있는데, 문제는 이것에 대한 관리와 보호가 소홀해 사람들이 충분히 이용하지 못하는 경우가 많다는 것입니다. 녹지자원을 가지고 사람들을 위한 생태공원이나 시민공원을 만든다며, 기존 터전을 무너뜨리고 잔디를 심는 방식으로는 모든 사람이 그 공간을 편안하다고 느낄 수 없습니다. 우리 민족에게 운치와 멋을 아는 미학적 유전인자가 농후하니까요.

영일대와 청송대로 이어지는 산책로가 좋은 것은 그 길에 깃든 어떤 정신이 느껴지기 때문입니다. 이러한 자연유산을 다음 세대까지 잇게 하기 위해, 사심 없이 고민하고 노력한 흔적이 이 길에는 짙게 배어 있습니다. 요즈음 세상에서는 통용되기 어려운, 드러나지 않는 배려가 느껴지는 곳입니다.

간혹 포항 사람들 중에는 이 도시가 외부적인 요인에 많은 영향을 받아 내부 자생력이 취약하다는 이야기를 합니다. 하지만 대한민국 어떤 지역을 놓고 봐도 자생적인 구심점을 완전히 갖춘 곳이 있을까요? 다만 정도의 차이가 있을 뿐입니다. 하지만 그 작은 차이가 먼 훗날에는 마을의 운명을 결정하겠지요.

새로운 지역공동체가 일으킬 수 있는 변화 중 하나가 주거환경 개선을 실천하기 위한 시민들의 자발적인 행동을 만들어내는 것입니다. 물론 포항시가 주거환경을 개선하기 위해 다양한 사업과 지원을 해왔지만 경제력과 시간은 제한적일 수밖에 없습니다. 그래서 삶의 질을 높이기 위한 주거환경 개선은 우선순위를 잘 따져서 시에 요구해야 합니다. 집값을 올리기 위한 단기적인 투기가 아닌 미래를 내다보는 장기적인 안목이 필요한 것입니다.

시간이 걸리더라도 우리 마을에 필요한 변화를 위해 사람들이 모여 이야기를 나누고 토론을 해야합니다. 평범한 사람들일 수밖에 없는 시민들이, 집 걱정을 덜려면 사는 동네가 달라져야 할 것입니다. 단순히 상업지구가 늘어나고 위락시설이 늘어난다 하더라도 이미 저성장으로 돌아선 국내경제 여건을 바꾸기는 힘이 듭니다. 그리고 위기라는 게 늘 위험만 있는 게 아니라 기회로도 작용할 수 있습니다. 그 기회를 만들기 위해서는 부수고 세우고 하는 소모적인 비용을 투자하기보다는, 있는 것을 활용하고 전환하는 대안이 더 유용한 경우도 있을 것입니다.

그러기 위해서는 흔히 말하는 창의성이 필요할진데, 저는 이것이 합리적 사고와 대화를 통해서 창출된다고 봅니다. 간혹 위대한 사람의 경우 혼자만의 힘으로 많은 일들을 이루기도 하지만, 그건 아주 특별한 경우입니다. 혼자서 올바른 판단을 내렸다고 하는 것은 독단이며 이것이 공동체에서는 매우 위험하게 작용한다고 봅니다. 우리는 이런 독단을 이미 경험했습니다. 나라 전체가 독점적인 자본 체계와 경제 우선논리에 의한 부작용에 빠져있는 상황에서 우리는 좀 더 진지해지고 현명해질 필요가 있습니다.

훗날 사람들이 어느 지역의 사람인가를 묻는다면 "포항사람입니다"라는 대답에 "포항은 살기 좋지요"라는 화답을 듣게 되면 좋겠습니다. 아, 이런 걸 두고 요즘 사람들이 촌스럽다 여기는 애향심이라 할지언정 어쩔 수 없네요.

그간 고향에 와서 판소리공연 뿐 아니라 이런저런 문화예술 관련 기획을 10여 년 정도 하다 보니 개인적으로 보람도 있지만, 힘든 점도 분명 있습니다. 그리고 나아가 포항에 자리 잡고 있는 안타까운 모습도 많이 보았습니다. 단적인 예가 문화향유에 대한 관람료입니다.

아시는 분들은 다 아시겠지만 포항은 공연기획사를 찾아보기 힘들 정도로 그 토대가 척박합니다. 공연 뿐 아니라 영화도 마찬가지입니다. 그렇다면 포항 사람들은 공연이나 영화를 안 보고 사느냐, 그것도 아닙니다. 포스코가 운영하는 '효자아트홀'은 동네 주민들의 여가 선용을 지원하기 위해, 그간 공연관람과 영화상영을 무료로 제공해 왔습니다. 하지만 효자아트홀은 다른 문화시설들에게 환영받지 못합니다. 어떻게 공연장 하나 때문에 포항의 문화예술계 풍토가 인색해지냐고 반문하실지 모르지만 서울에서도 비슷한 사례가 있었습니다.

비록 한시적이기는 하지만 2008년 5월부터 시행된 국립박물관의 무료관람 정책이 2009년 말까지 연장되었던 적이 있었습니다. 이에 대해 사립박물관들은 한목소리로 반대했지요. 한 신문기사에 의하면 이 기간 중 국립박물관 내국인 관람객수가 25%, 외국인은 11% 증가한데 비해 운영비 지원 없이 전적으로 입장료에만 의존해야하는 사립박물관의 경우 관람객수는 평균 30% 정도 줄어들었다는 것입니다.

큰 것만이 아름답지 않다는 것, 작은 것에 더 집중하고 거기에 속한 디테일과 섬세함을 즐길 수 있어야, 우리 지역의 문화적 자산이 확산될 수 있을 것입니다.

관람객들에게 무료관람을 제공함으로서 문화향유권의 기회를 단기적으로 넓힐 수도 있겠지만 왠지 이러한 사례에 가슴이 철렁해지는 것은 무엇 때문일까요. 꼭 백화점이나 대형마트가 재래시장이나 자영업자를 가격으로 고사시키는 것을 넘어, 아예 상품을 손님들에게 공짜로 나눠주는 느낌을 받았다면 너무 터무니 없는 비약일까요?

국가경쟁력 상승을 위해 문화예술에 대한 가치가 국가정책으로 내세워지는 지금, 장기적인 노력이 드는 콘텐츠 개발이나 프로그램 제작에 대한 체계적이고 지속적인 투자 원칙을 저버린다면 이용자와 제공자의 공멸을 부를 수 있습니다. 그런데 이는 단기처방의 가장 큰 폐해이기도 합니다. 일례로 공영방송인 한국방송공사에서 제작하는 '열린음악회'의 경우 지역민들에게 양질의 대중가수 공연을 백화점식으로 무료로 제공했지만 부작용은 생각보다 빨리 나타났습니다. 지자체들은 이 열린음악회를 주최하기 위해 공연장 등 엄청난 시설 투자를 하지만, 1회의 공연이 끝나고 나면 프로그램의 빈곤에 시달리게 되고, 예산 낭비라는 질타를 받게 됩니다. 가장 큰 문제는 시민들이 굳이 공연을 표를 사서 보지 않아도 된다는 인식을 심어준 점입니다. 그 결과 음악공연은 음반 산업의 쇠퇴와 맞물려 결정타를 맞게 되었구요.

우리는 어떤 형태의 관람이라도, 즉 영화나 연극, 음악공연을 보러가거나 공원이나 경기장에 입장할 때 박물관과 전람회, 미술전시회 등을 보러 갈 때는 단돈 천원이라도 반드시 비용을 지불해야 합니다. 무임승차나 불법복제가 불법인 것처럼 그 비용은 우리가 여가나 오락을 즐기는 데 지불하는 프로그램의 가치를 인정하고 향유하는 것에 대한 경제적 동의와 마찬가지이기 때문입니다.

무료공연은 관객들에게는 환영할 일이지만 경쟁력 약한 단체나 기관은 고전을 면치 못합니다. 이것이 장기적으로 지속된다면 우리 지역문화의 자생력을 키울 수 있는 환경은 영원히 사라질 수도 있습니다. 이것은 일종의 야만이며, 앞으로 공동체 구성원의 교육과 여가생활을 가로막을 수 있습니다. 큰 것만이 아름답지 않다는 것, 작은 것에 더 집중하고 거기에 속한 디테일과 섬세함을 즐길 수 있어야지, 우리 지역의 문화적 자산이 확산될 수 있을 것입니다. 나아가 다양성을 존중하고 배려해야 한다는 현대사회의 보편가치가 실현될 것입니다.

카페순례

놀 거리가
많다

모처럼 오후 진료가 없어 병원 근처에 있는 '카페 1944'에 가봅니다. 카페 1944는 중앙상가 실개천이 있는 도로 안 쪽 어느 골목길에 위치한 작은 카페입니다. 우연히 주변을 돌다 카페 바깥에 그려진 벽화가 재미있어 안으로 들어가게 된 곳입니다. 커피 맛도 좋고 젊은이들이 나름 열심히 뭔가를 하는 기운을 느낄 수 있어 다시 찾게 되었습니다. 사진과 그림에 대한 동경, 책과 여행 등에 대한 낭만을 꿈꾸는 이들이 모여 있다고나 할까요.

이 가게의 특징을 가장 잘 보여주는 것은 고양이입니다. 2층에 있는 샤샤와 셉셉이라는 두 마리가 그 주인공입니다. 이 카페의 마스코트인 셈입니다. 그간 일본에 여행가게 될 기회가 가끔 있었는데 고양이들이 사람을 경계하지 않고 느긋하게 골목 한 구석을 차지하고 있는 모습을 어렵지 않게 볼 수 있었습니다. 이 카페에 사는 고양이들을 보면 꼭 일본의 고양이처럼 태평스럽고 친절합니다. 사람이 오면 먼저 다가와 인사를 할 정도입니다.

카페 건물이 한옥을 개조한 것이라 카페 내부 천장은 희미하게나마 한옥의 흔적을 느낄 수 있는데 종도리에 이 집이 지어진 연도가 선명하게 표기되어 있네요. 바로 1944년입니다. 그래서 카페 이름이 '1944'가 된 것이지요. 카페 안에서 창가 너머로 보이는 골목길 담장에 그려진 그림이며 실내의 아기자기한 소품, 저녁 7시면 빔 프로젝트를 통해 나오는 영화 상영, 테이블 위에 놓인 사진 등 이곳을 찾는 사람들을 위한 세심한 배려와 함께 편안함, 그리고 서정성을 느끼게 됩니다. 일반적인 프랜차이즈 커피전문점에서는 결코 느낄 수 없는, 이곳의 독특한 감성입니다.

포항의 놀이문화라는 건 너무 단순했습니다. 기껏해야 가까운 유흥가의 술집을 드나드는 게 고작이었습니다.
하지만 이제는 드물지 않게 인문학 강좌를 들으러 사람들이 카페와 강의실을 찾고,
젊은이들이 술이 아닌 커피를 마시며 친목을 다지고 연애도 합니다.

포항에서 만날 수 있는 카페 명소로는 '카페 아라비카'를 빼놓을 수 없습니다. 1990년대 문을 연 이 곳은 프랜차이즈 커피전문점에서 느낄 수 없는 고전적이면서도 독특한 감성으로 일찌감치 전국적인 명성을 얻게 된 곳입니다. 물론 커피맛이 훌륭하다는 것은 두말할 필요가 없겠고요. 카페 곳곳은 20여 년이라는 시간의 흐름을 반영해주듯 의자와 테이블 등을 비롯해 인테리어는 클래식한 분위기를 자아내기에 충분합니다.

손님과 카페가 함께 나이를 들어가는 모습을 발견한다는 게 쉽지 않습니다. 또한 모름지기 20년 동안 한결같은 맛을 유지하는 것도 쉽지 않은 일이고요. 특히 요즈음 같은 세상에서 이렇게 변하지 않는 곳이 있다는 것이 제게는 어떨 때는 작은 위안이 되기도 합니다.

최근 대학가 주변이나 주요 도심에서는 술집보다는 카페가 늘어나는 추세입니다. 포항도 예외는 아닙니다. 원래 유럽의 카페는 귀족들의 사교장이었던 살롱문화가 점차 확대되면서 시민의 커뮤니케이션의 장으로 사용되던 문화공간입니다. 카페에서 음악회를 열고 토론을 벌이고 소설과 시 낭송을 하기도 했습니다. 제가 병원 로비에서 개최했던 '화인음악회'는 이런 카페식의 문화공간을 병원에서도 구현해 봤으면 해서 시작한 것이었습니다. 그런데 가만 생각해보니 이 음악회를 기획할 수 있었던 배경에는 또 하나의 카페가 있었습니다. 바로 '송암'입니다.

서울 아산병원에서의 본과 재학 시절은 한창 국악에 빠져 있던 때였습니다. 당시 가무악의 명인 박병천(1933~2007) 선생을 찾아가 그 분께 춤을 배우고 있었지요. 선생께서는 그냥 동작을 따라하라고 지시한 게 아니라 왜 팔이 이렇게 움직여야 하는지, 손의 선이 왜 그렇게 되는지 등 무엇보다 몸의 원리와 음악과의 조화를 따져가며 설명해주셨는데 그게 그렇게 이해가 잘 될 수가 없었습니다. 그런데 본과 4학년의 바쁜 시간이다 보니 항상 선생을 찾아가는 시간이 늦은 밤 9시, 10시가 되기 일쑤여서 어떤 때는 선생께서 잠자리에 드셨다가도 수업을 해주시곤 하셨지요. 그렇게 수업을 받은 풍납동에서 지하철을 타고 성내역에 도착하면 학교기숙사까지 인적이 드물고 가로등 불빛만 밝은 성내천 뚝방길을 걸어가야 하는데 그 길에서도 혼자 그날 배웠던 몸동작을 다시 연습하곤 했지요. 그 시절에는 그렇게 춤이 절실했습니다.

그렇게 춤을 배우러 매일같이 풍납동에 드나들다가 알게 된 곳이 음악카페 송암입니다. 가게이름이 주인의 호이기도 했는데 늦은 시간 술 한잔이 생각나 들어가 메뉴판을 보니, 웬걸 술은 하나 없고 커피와 차 목록만 죽 나열되어 있었습니다. 그래서 "여기엔 술이 없나요?" 하고 물었더니 주인이 잠시 머뭇거리다 "없지만 드릴 수는 있죠." 하며 자신의 술을 내준 것입니다. 그렇게 카페 주인과 인연이 되어 한동안 그곳을 거의 출근 도장을 찍다시피 들락거렸습니다. 당시 카페송암에는 연세대 음악대학 학생들이 많이 방문했었는데 알고 보니 카페 주인 역시 성악을 전공했습니다. 거기서 만난 인연 중에는 성악가 정규환, 이장원 씨 등이 있는데 이들과 술을 마시며 서로의 음악관에 대해 얘기하다가 싸움으로 번져, 주위 사람들을 난처하게 만든 적도 여러 번이었습니다. 하지만 이때 맺은 인연을 통해 이들이 포항에서 화인음악회를 개최하게 되었을 때 초청 게스트로 출연하게 되었습니다.

사람의 인연이란 게 참 묘하다 느낀 것이 또 하나 있습니다. 2013년 판소리 명창들의 왕중왕을 가리는 '제2회 독도사랑 국악사랑 대한민국 국창대회'를 포항에서 개최했는데, 이때 장사익 선생과 함께 우주호 씨에게도 축하공연을 부탁했습니다. 그런데 공교롭게도 공연 당일 서울에서 같은 비행기에 몸을 실은 두 분이 서로 용건에 대해서는 모르고 있었지만 이내 같은 볼일로 비행기에 탔음을 알게 된 것입니다. 사실 장사익 선생은 제게 친형이나 다를 바 없는 분이신데, 그분과 우주호 씨가 친분이 있다는 걸 전 모르고 있었지요. 우주호 씨와는 시향사모 활동을 통해 친분을 쌓게 된 고향 선배였습니다. 그렇게 제2회 국창대회가 열리는 날 나란히 두 사람이 들어오는 걸 보고는 사람의 인연이라는 게 언제, 어떤 식으로 연결될지 가늠하기 어렵다는 걸 새삼 느꼈습니다.

인생은 예측불허, 맞는 말입니다. 그래서 로또당첨과 같은 일확천금을 바라기보다 매일 하루씩 열심히 살아야 한다는 게 바보 같다거나 무의미한 일은 아니라고 생각합니다. 예측불허와 같은 인연 역시 그 실타래를 거슬러 가면 다 그 이유가 보입니다. 로또와 같은 공짜를 기다리기보다는 차라리 예측불허의 인생이지만 여기에 집중하며 사는 것이 더 재미를 느끼게 됩니다. 세상엔 공짜가 없고 인연에는 다 이유가 있는 것 같습니다.

2013년 판소리 명창들의 왕중왕을 가리는 '제2회 독도사랑 국악사랑 대한민국 국창대회'를 포항에서 개최했는데, 이때 장사익 선생께서 축하공연을 해주셨습니다.

아무리 봐도 전 차려진 밥상에 수저를 얹는 것보다는 직접 앞치마를 두르고 칼과 도마를 잡고 밥상을 차리는 일을 더 열심히 하는 스타일입니다. 하지만 외지생활을 마치고 포항에 와서 초창기 문화기획을 시작할 때만 해도, 저와 마음이 맞거나 비슷한 사람들이 모일 수 있을까 하는 초조한 마음이 생기기도 했습니다. 그런데 이제는 카페 1944처럼 자발적으로 이런 분위기를 만들고 실천하는 공간들이 점점 늘어나고 있습니다. 좋게 이야기하면 '청년문화', 정직하게 말하면 '놀이문화'의 텃밭이 이제야 다져지고 있는 것 같습니다.

그간 포항의 놀이문화라는 건 너무 단순했습니다. 기껏해야 가까운 유흥가의 술집을 드나드는 게 고작이었습니다. 하지만 이제는 드물지 않게 인문학 강좌를 들으러 사람들이 카페와 강의실을 찾고, 젊은이들이 술이 아닌 커피를 마시며 친목을 다지고 연애도 합니다. 물론 여기엔 전반적인 경기가 좋지 않아 술을 마시는 게 비경제적이며 소모적이라는 계산을 내린 젊은이들도 상당할 것입니다.

그렇지만 여전히 지역문화의 기반을 조성하는 것은 어려운 상황입니다. 일단 포항 문화계에도 젊은 세대의 수혈이 필요하지만, 포항 출신 문화예술 인력이 지원하는 경우가 드물기 때문입니다.

예전에 시향사모 대표로 활동했을 때 어떤 고등학생이 카페에 글을 남겼습니다. 자신은 피아노를 배우고 싶은데 시향사모에서 장학금을 줄 수 있냐는 내용이었죠. 다짜고짜 장학금을 달라는 당돌한 닉네임 'M군'을 직접 만나야겠다는 생각이 들어 연락을 했더니, 웬걸 인터넷으로 글을 남기던 당당함은 찾아볼 수 없는,

수줍은 열일곱 살 소녀가 나타났습니다. 사연은 짤막했습니다. 대학에서 피아노를 전공하고 싶지만 가정 형편이 어려워져 레슨을 받을 수가 없다는 것이었습니다. 그래서 왜 형편이 어려운데 굳이 피아노를 배우려고 하냐고 했더니, 나중에 음악가가 되면 자신처럼 어려운 형편의 아이들에게 음악을 통해 힘이 되어주고 싶다는 것이었습니다. 더 이상 말이 필요 없었습니다. 그래서 주위사람들에게 이 이야기를 전하고 십시일반 학비를 걷어 'M군'에게 1년 동안 레슨비를 지원했고 이 고등학생은 모 대학의 피아노과에 입학했습니다. 이후 포항에서 예술분야를 전공하려는 학생들을 대상으로 레슨비를 지원하는 사업을 (사)전국푸른문화연대가 맡아 진행하고 있습니다.

예전에 박병천 선생은 "재능이 있으면 돈을 줘서라도 가르쳐야 한다"고 하셨습니다. 그리고 영국 북부의 한 폐광촌의 실화를 영화화한 〈빌리 엘리어트〉를 보면 천재적인 무용수의 기질을 지닌 어린 빌리의 재능과 열정을 알아본 주변 어른들이 그에게 적합한 교육 환경을 마련하기 위한 눈물겨운 과정을 담아내고 있습니다. 사람을 키운다는 게 어떤 의미인지, 얼마만큼의 무게감을 느껴야 하는지를 우리는 알고 있는 것일까요? 혹시 포항의 미래동력을 너무 멀리서만 찾으려고 애쓰는 건 아닌지 모르겠습니다.

사실 인생 대부분을 커피라고는 줄곧 자판기 커피가 전부인 줄 알고 있었기에 원두커피를 그리 좋아하지 않았습니다. 더군다나 대학시절 국악과 춤에 빠져 진도를 비롯한 전라도로 명창들을 찾으러 돌아다니다 보니 커피보다는 차를 더 많이 접하게 되었습니다. 그러다 포항에 내려와 개원을 한 후 한참이 지나서야 원두커피의 맛을 알고는 뒤늦게 커피 열풍을 실감하고 있습니다. 역시 아는 만큼 보인다고 할까요. 커피 맛을 알게 되면서 이 한 잔의 커피에 담긴 씁쓸한 이야기도 알게 되었습니다. 곳곳에 늘어나는 화려한 커피전문점을 보며 위화감마저 느껴지는 것은 커피산업이 만들어 내는 어떤 불편함이 떠오르기 때문입니다.

　사실 커피는 설탕이나 담배와 함께 대표적인 불공정무역 상품입니다. 저 멀리 에디오피아나 과테말라 같은 저개발국가의 값싼 인건비를 통해 얻어지는 농산물로, 불평등 무역품의 상징으로 알려져 있습니다. 그런데 혹시 '공정무역'이라는 라벨이 붙은 커피를 일반 커피보다 더 비싸게 구입하신 경우가 있으신가요? 소비자에게 죄책감을 강요하며 커피를 판매하는 것도 불편하기는 마찬가지입니다. 하지만 그렇다고 커피를 마시는 것을 죄악시할 수는 없습니다. 우리나라에서도 이미 커피는 생활의 일부로 받아들여지고 있는 것 같으니까요.

　소비만능주의 시대에 윤리적 소비라는 것이 무엇인지, 그리고 그것을 실천하는 게 가능한지조차 가늠하기가 쉽지 않아 보입니다. 당장 커피라는 상품이 안고 있는 복잡다단한 세계사적 맥락과 생산구조, 유통과 마케팅과의 관계, 문화를 이해한다 하더라도, 음식으로써 커피를 거부하는 건 또 다른 차원의 이야기일 수 있습니다. 다만 우리가 일상적으로 접하는 상품을 비롯해 그것을 구매하고 소비하는 패턴에 대해서는 되돌아볼 필요는 있을 것 같습니다. 커피 한 잔에 담긴 불평등한 노동시장과 분배구조가 꼭 커피와 남의 나라 이야기만은 아니라고 보기 때문입니다.

포항의 경우 도농통합시를 이루고 있다 보니 여러 산업 구조가 동시에 나타납니다. 물론 도·소매업과 제조업, 서비스업에 종사하는 인구도 많지만 농업과 어업에 종사하는 사람도 상당합니다. 여기에 포항뿐 아니라 우리나라 전체가 빠르게 다문화 국가로 진입하고 있습니다. 동남아시아계의 노동자를 비롯해 조선족이나 탈북자 가족 등 지역사회의 구성원들이 다양해지고 있지만 이들에 대한 선입견만 팽배할 뿐 제대로 된 이해나 공동체의 구성원으로 받아들이려는 노력은 아직 부족하다고 봅니다.

당장 해결될 수는 없겠지만, 불합리하다고 생각되는 일들에 대해 고민하는 것이 불합리함을 인지조차 못하는 상황보다는, 불행을 개선할 수 있는 길이라고 생각합니다. 우리가 이 고장에서 태어나 지금까지 살아오고 있지만, 포항은 끊임없이 변화하고 움직이고 있습니다.

포항의
바다와 항구

송도해변

어제의 추억,
오늘의 상처

사실 송도해수욕장에 대한 글을 놓고 많은 고민을 했습니다. 이 얘기를 쓰기 위해서는 어쩔 수 없이 포항의 치부를 드러내야 가능합니다. 이제는 그저 '송도해변'이라고 부를 수밖에 없는 오늘 날과, 예전의 아름다웠던 송도해수욕장의 모습은 너무 큰 차이가 있습니다. 송도해수욕장의 어제와 오늘의 풍광이 이렇게 다르다는 것에 대해 포항시민의 한 사람으로서 두려움과 부끄러움을 동시에 느낍니다. 그래서 송도해수욕장에 대한 언급을 회피하고픈 마음도 컸습니다. 하지만 지금의 송도해변을 바꾸기 위해서는 이런 반성이 있어야 가능합니다. 그래서 다시 시작하자는 마음으로 송도해변을 똑바로 들여다보았습니다.

송도해변은 예로부터 은빛 모래와 주위의 우거진 소나무 숲이 아름다운 곳이었습니다. 동해의 명사십리로 통했던 송도해변에 1931년 4월 송도해수욕장이 개장하면서 함경도의 원산해수욕장과 함께 전국적인 명성을 얻게 됩니다. 특히 송도해수욕장의 이름을 높이게 된 것은 해변 뒤에 조성된 송림, 바로 소나무 숲 때문이었습니다. 이 숲은 원래 자연적으로 생긴 것이 아니라, 당시 일본인 오우치 지로大內治郎가 1911년에 시작해 거의 20년 가까이 공을 들여 빈 백사장을 소나무 숲으로 바꾼 것입니다. 이후 송도해변의 경관을 돋보이게 한 송림은 방풍림이 되어 태풍이나 해일 등의 자연재해로부터 포항을 보호하는 역할을 하게 되었습니다.

1960년대까지 포항 인구가 6만 명 정도인데 비해 여름 성수기 주말에 이곳을 방문하는 관광객이 하루 5만 명이었다고 하니 송도해수욕장이 포항 경제에 얼마나 큰 영향을 주었을지 가늠할 수 있습니다. 송도해수욕장은 영일만의 자연조건 덕분에 물결이 호수와 같이 잔잔하고 고요했고, 물빛이 맑고 해수의 온도도 적당했습니다. 백사장의 길이는 약 1,750m, 너비는 보통 70~100m 였는데 그 이상인 구간도 있었습니다. 물밑 모래바닥의 경사도 완만해 해변 안전사고도 그리 많지 않았다고 하네요. 그렇게 여름 성수기가 지나가고 겨울이 되면 밤마다 영일만 주변의 백사장을 가득 메운 게떼들을 볼 수 있을 만큼 어종도 다양하고 어획량도 풍부한 곳이었다고 합니다.

1960~70년대 송도해수욕장

어렸을 적 송도해수욕장에 놀러가서 찍은 가족사진입니다. 포항 사람이라면 송도해수욕장에서 찍은 이런 사진은 대부분 가지고 있을 것입니다.

2장 _ 포항의 바다와 항구

그런데 1968년 4월 영일만 내에 포스코(포항종합제철주식회사)가 설립되어 제철소 공사가 시작되면서 상황은 급격히 바뀌어갔습니다. 1970년대에 들어서면서 영일만을 바라보면 제일 먼저 눈에 띄는 것이 제철소 단지였습니다. 물론 포스코라는 기업이 '산업의 쌀'인 철을 공급해 산업의 근간을 마련했고, 포항시의 재정자립도, 교육과 지역사회에 기여한 공로가 지대한 것은 사실입니다. 그러나 청정해역인 영일만의 훼손과 오염, 생태계의 파괴, 이로 인한 어민과 해안가 주민들의 소득감소 등 지역사회에 많은 부작용이 발생하게 된 것 또한 엄연한 사실입니다. 특히 평화롭던 바닷가의 풍경이 일순간 거대한 공업 단지로 바뀌면서 느끼게 되는 정서적 충격 또한 무시할 수 없던 부분입니다.

이런 풍경에 대한 낯설음은 포항시민에게만 해당되는 것은 아닙니다. 저는 이런 풍경이 자라면서 익숙해진 것이라 어느 정도는 무덤덤해진 경향도 있었을 것입니다. 그러나 오랜만에 포항을 찾은 사람들이 이러한 인공적인 풍경을 접하고 느낀 소감을 듣게 되면서, 이런 익숙함을 다시 돌아보게 되었습니다. 아무리 사람에게 문명의 혜택을 제공하는 고마운 시설이지만, 사람은 타고나기를 자연과의 만남에 더 끌리게 되니까요. 그래서 도시를 떠나 시골로 이주하는 현대인이 늘어나는 게 아니겠습니까?

송도해수욕장에 나타난 미스포항(1966년)

그렇게 1970년대부터 포항의 모습이 빠르게 바뀌는 동안 송도해수욕장은 병들어 갔습니다. 그래도 그럭저럭 70년대 중반까지 여름 휴양지로서 송도해수욕장은 유지가 되는 것 같았습니다만 1978년 해일이 닥쳤을 때 해수욕장에 있는 인근 주차장에까지 물이 들어차게 되었습니다. 1959년 최대풍속 170km의 강력한 태풍 '사라'가 포항을 덮쳤을 때도 끄떡없던 송도해수욕장이 바뀌게 된 것입니다. 이 해일이 지나간 이후 송도해수욕장의 '송도 산 1번지'는 급격한 쇠퇴일로에 처하게 되었습니다.

당시 포항시에서는 백사장의 유실을 막기 위해 급하게 방파제를 설치했지만 역부족이었습니다. 결국 휴양객이 줄어들면서 여름 휴양철 벌이로 일 년을 사는 송도 주민의 삶은 피폐해져 갔습니다. 그러다가 1991년과 98년 두 차례의 태풍 '글래디스'와 '예니' 때 파도가 해변의 상가 앞까지 들이닥쳐 주민들이 대피하는 상황이 벌어졌습니다. 그러자 주민들은 송도해수욕장과 백사장 유실 문제를 본격적으로 제기하게 되었습니다. 당시 이곳 주민들뿐 아니라 포항시민 대부분은 송도해수욕장의 변화가 포스코가 들어와 해안을 변화시켰기 때문에 발생한 것이라고 믿고 있었습니다. 그렇게 주민 발의로 이 현안이 떠오르면서 포항시와 포스코는 각각 송도 백사장의 유실배경에 대한 연구용역을 의뢰하게 됩니다.

2013년 푸른문화학교에서 진행한 인문학 강좌에서 강의를 해주신 바 있는 한동대학교 안경모 교수가 포항시로부터 의뢰를 받아 송도해수욕장과 관련한 연구조사를 진행하셨습니다. 강의에서 선생은 송도해수욕장에 대해 얘기를 해 주셨는데 그때 당시 항공사진 촬영을 통해 수심을 측량한 자료를 보니 포스코가 준설할 때 파낸 모래가 1천만 입방미터 정도 되는 양이었다고 합니다. 그렇게 엄청난 양의 모래를 준설한 게 알려지게 되어 결국 포스코는 송도 주민들에 금전적인 보상을 하게 되었습니다.

하지만 백사장의 유실이 포스코가 모래를 끌어다 사용한 것만이 원인이 아니라고 안경모 선생은 얘기해 주셨습니다. 사실 부산 해운대해수욕장도 20년 전부터 백사장이 줄어들기 시작해서 지금은 절반으로 줄어든 상황이라고 합니다. 그 원인이 해운대 해수욕장 가운데로 흘러드는 실개천 주변으로 사람들이 집을 짓고

오늘날의 송도해변의 모습

살기 시작하면서, 그 물길을 다른 데로 보내면서 유실이 시작된 것이라고 합니다. 사실 백사장의 그 많은 모래는 육지에서 공급되는 것이라네요. 그런데 송도해수욕장은 실개천은 없고 형산강에서 내려오는 모래가 유일한 공급원이었는데 포스코가 형산강의 유로를 변경하면서 모래가 송도해수욕장으로는 내려가지 못한 것도 큰 원인이라는 것입니다. 결국 이렇게 송도해수욕장의 모래사장은 사라지고 인근 해안가의 침식 또한 계속되고 있습니다. 해안가 주변으로 조성된 해안도로 역시 인근의 지형 변화를 초래해, 해안가 침식에 영향을 주고 있습니다.

밀레니엄 직전에 현안으로 떠오른 송도해수욕장 문제는 시민사회에서 큰 의미가 있습니다. 당시 송도주민들의 문제제기 및 해결방안을 모색하는 과정을 살펴보면, 아마도 포항에서 시민이 먼저 지역문제를 거론하고, 해결방안을 모색하기 위해 협상회의 전면에 등장한 것이 이때가 처음이었습니다. 비록 오늘날 송도해수욕장은 자취조차 사라졌지만 당시 송도주민들은 적극적으로 이 문제를 사람들에게 알렸습니다. 물론 자신들의 생계가 달린 일이라 그렇게 적극적으로 매달린 사안이었다고 생각할 수도 있습니다. 하지만 같은 문제에 직면했던 다른 해안마을 주민들은 소극적이었고, 그 이전에는 아무도 포스코에 대항해 적극적으로 문제제기를 하지 않았습니다.

현재 송도해수욕장은 백사장 유실로 인해 해수욕장의 기능은 완전히 상실한 채 인근 해안가의 4차선 도로에 접한 산책로를 걸어다니면서 옛 모습을 추억하는 포항 시민들의 기억에만 남아있습니다. 송도해변 도로 중간에는 두 팔을 활짝 벌린 해녀상이 있지만, 실제로 백사장을 뒤덮었던 게들도, 물고기도 잡히지 않는 죽은 바다가 되어버렸습니다.

2000년 형산강 로터리에서 송도주민이 농성에 돌입하고 '송도백사장 유실문제 대응을 위한 범시민연대회의'의 성명서가 발표된 지 10년이 더 지났습니다. 현안을 해결하기 위한 '종합적인 개발계획'에 의해 송도에는 고층 아파트단지가 조성되었고 송도 산 1번지는 '상업지구'로 변경 · 고시되면서 불하가 되었지만 아직도 이곳의 풍경은 삭막하기 그지없습니다. 해안가 주변의 상가들은 빈 점포로 방치되어 있고 곳곳에 선명하게 남아있는 '철거'라는 글자를 보면, 왠지 이 마을이 흔적도 없이 사라지는 게 아닌가 하는 안타까움이 더 커집니다.

송도해변의 상징물인 해녀조각상
최근에 이 조각상에 새겨진 문구를 다시 보고 깜짝 놀라게 되었습니다. 1968년에 세워진 이 조각상에는 당시 포항의 시정지표로 '명랑한 문화도시'가 포함되어 있습니다.

이곳에서 포항의 바다 이야기를 시작하는 것은 아직까지 송도해변의 문제가 해결된 것이 아니기 때문입니다. 포항시민의 한 사람으로서 송도에 대한 부채의식을 짊어져야 하는 건 당연합니다. 이 문제는 다음 세대의 과제로 넘기기보다는 지금의 현안으로 받아들여야 합니다. 물론 송도해변의 옛 모습을 그대로 복원할 수는 없습니다. 송도해변 바로 눈앞에 펼쳐진 저 거대한 산업단지를 어떻게 옮길 수 있겠습니까? 이러한 상황을 극복하기 위해서는 이전과는 전혀 다른 시도가 접목되어야 할 것 같습니다. 이 거리에 상업지구가 들어선다고 해도 마주하고 있는 산업단지의 풍경과 겹쳐지게 되면, 그 모습이 흔쾌히 받아들여지지는 않습니다. 그렇다면 저 인근의 영일대해수욕장과 이곳에 어떤 차별화를 둘 수 있을까요?

저는 이곳이 최대한 자연의 형태를 담아내는 공간이었으면 합니다. 산업화의 폐해로 사라진 자연이지만 그것을 옛 모습 그대로 복원하는 게 아니라 지금의 방식으로 재탄생할 수 있는 방법은 꼭 있다고 봅니다.

일본의 세토나이카이瀬戸内海에 위치한 작은 섬인 나오시마直島는 세계적인 관광명소 중 하나입니다. 이 나오시마 역시 섬 북쪽의 제련소 때문에 환경이 심하게 오염되어 방치된 적이 있었습니다. 하지만 자연을 살려내고 인간이 만든 건축물을 융화시켜 새로운 가치를 만들어냈습니다. 일본의 세계적인 건축가 안도 다다오安藤忠雄와 일본기업가 후쿠다케 소이치로福武總一郎가 이른바 '세토나이카이의 기적'을 만든 것입니다.

사실 이 일대는 일본 산업화의 치부와 제국주의 시대의 흔적들이 그대로 남아 있어 일본인들조차 외면하던 곳이었습니다. 그러던 이곳에 베네세 코퍼레이션이

라는 일본의 한 교육·출판기업이 1987년부터 사업을 시작해 지금까지도 프로
젝트를 진행하면서 나오시마를 비롯해 인근 섬들을 모두 변화시키고 있습니다.
사실 나오시마에 대한 내용이 더 감동적이었던 것은 이 섬의 명성이 한 기업의
2대에 걸친 지속적이고 열정적인 공헌방식에서 비롯되었기 때문입니다.

나오시마라는 섬 자체는 안도 다다오의 건축물과 더불어 전위적인 최신사조
를 대변하고 있습니다. 난해하다는 현대미술을 자연의 한가운데 배치함으로서
예술이 사람들에게 보다 강력하게 어필할 수 있도록 했습니다. 여기서 잠시 짚고
넘어갔으면 하는 게 있는데, 일반적인 도시 경관을 위해 설치해 놓는 공공미술과
지금 제가 생각하고 있는 접근법과는 구분이 필요할 것 같습니다. 도시의 광장과
빌딩, 사람들이 매일 드나드는 역사驛舍와 상가, 도로나 광장에 설치한 예술품은
일상 속에서 예술을 만나는 것입니다. 만약 지금의 송도에 예술품을 놓게 된다면
이 공공미술과 별다른 차이가 없습니다.

요지는 이렇습니다. 지금이라도 송도해변의 송림을 보호하고 자연이 우거진
생태환경으로 조성하는 것이 먼저이고, 그 다음 송도해변의 의미와 제철소와 만
나게 된 공간적 맥락을 살려야지 이곳만이 지닐 수 있는 가치 있는 스토리텔링이
형성될 수 있습니다.

예술은 여러가지 기능이 있겠지만, 사회 구성원들에게 성찰의 문제를 화두
로 남겨 놓는 것도 그 중 하나라고 생각합니다. 송도해변의 문제는 우리에게 경
제 성장의 댓가로 짊어지게 된 필연성이 있습니다. 이런 산업화의 모순에 대해

'세토나이카이의 기적'이라고 불리우는 나오시마. 이 곳의 이야기가 감동적이었던 것은 이 섬의 명성이 한 기업의 2대에 걸친 사회에 대한 지속적이고 성실하면서도 열정적인 공헌 방식에서 비롯되었기 때문입니다.

의문을 던지는 것은 궁극적으로는 자신의 삶과 '잘 사는 것'에 대한 심사숙고를 할 수 있는 기회를 제공한다고 봅니다. 그리고 이러한 발상에 사람들이 그토록 공감한다는 것을 나오시마를 통해 알게 되었습니다.

아프리카 칼라하리 사막에는 일 년 중 단 며칠 내리는 비를 통해 생겨나는 모래강을 매해 찾아오는 코끼리들이 있다고 합니다. 그들은 그곳의 모래가 섞인 물을 마시기 위해 지난해의 기억에 의존해 그 광활한 사막을 헤매 그곳으로 찾아온답니다. 그 와중에는 목마름에 탈진해 숨을 거두는 코끼리도 있을 테지만, 드디어 물을 마시게 된 코끼리들은 힘을 얻어 다시 사막의 초지를 찾아 떠납니다. 때론 사람들은 기억 속에서 정체성을 정의하고 고통을 잊을 수 있는 위안을 찾습니다. 기억을 더듬는다는 것은 그런 것 같습니다. 우리 앞의 송도는 아직 살아있는 기억이며, 모래강입니다.

영일대해수욕장

어김없이
축제의 계절은
다가오고

　포항에서만 볼 수 있는 독특한 밤의 풍경이 펼쳐지는 곳이 있습니다. 낮보다도 밤이 더 화려한 영일대해수욕장입니다. 최근 북부해수욕장에서 영일대해수욕장으로 이름이 바뀐 이곳은 여름철이면 피서객들의 인파로 일대 교통이 자주 마비되는 곳입니다. 동해안 일대에 이렇게 완만한 모래사장과 잔잔한 물결을 갖춘 해수욕장이 드문 편이라, 대구 등 인근 지역뿐 아니라 멀리 서울 등 수도권 피서객들에게도 영일대해수욕장이 차츰 각광받고 있습니다.

　이런 변화는 영일대해수욕장을 새로운 관광지로 만들기 위한 대대적인 조성 사업이 뒷받침되었기에 가능했습니다. 두호동 설머리부터 포항여객선터미널까지 1.2km에 이르는 구간에 자전거 도로와 목제데크, 산책로와 벤치, 야외무대 등을 만들어 관광객뿐 아니라 인근 주민들이 일상에서 향유할 수 있는 문화휴식 공간을 제공하고 있습니다. 또한 여객선터미널에서 송도해변 방향으로 걸어가면 동빈내항과 죽도시장, 포항운하까지 닿을 수 있습니다.

　그러다보니 각종 숙박시설과 식당 등 편의시설을 비롯해 국내에서 만날 수 있는 유명 브랜드 카페들을 죄다 이곳에서 만날 수 있게 되었습니다. 현대인들이 누리고자 하는 도시생활의 편리함과 쾌적함 뿐 아니라, 유행과 패션, 문화향유에 대한 젊은 소비층의 감각까지 더해져 있는 것이겠지요. 나름 포항의 떠오르는 '핫 플레이스'인 곳입니다.

2장 _ 포항의 바다와 항구

천천히 해가 저무는 한 여름 밤, 이 거리의 해안가 가로등이 하나씩 밝혀지면 드디어 저 멀리 경복궁 경회루를 본 따 만든 해상누각 '영일대'를 비추는 조명에 불이 켜집니다. 여기에 바다에 떠있는 분수대에서 솟아오르는 물줄기를 비추는 발광다이오드(LED) 조명의 현란한 색을 더해 밋밋한 검은 바다의 풍경을 일순 바꿔버립니다. 그리고 맞은 편 포스코 산업단지의 제철소 외벽에도 LED 조명으로 화려한 색이 입혀집니다. 포항의 도시브랜드에 대한 강력한 메타포가 이 영일대해수욕장의 야경을 통해 이루어지는 것 같습니다.

물론 여기서 끝나는 게 아닙니다. 7월 말부터 8월 초에 펼쳐지는 포항국제불빛축제가 있습니다. 이 시기에는 포항바다국제연극제도 함께 열려 휴양객들에게 다양한 거리공연과 야외공연을 제공하고 있습니다. 인근 환호공원 일대에도 다양한 공연과 행사가 진행됩니다. 그야말로 이 시기의 영일대해수욕장 특화거리는 포항시민들에게도 즐거운 한 여름 밤의 꿈을 선사하고 있습니다.

하지만 제겐 도시의 야경이 그리 낭만적인 것만으로 비추어지지는 않습니다. 순전히 제 개인적인 경험 때문이기는 합니다만, 요란한 폭죽소리와 함께 많은 인파들 속에 있더라도 가끔 저는 이들로부터 혼자 떨어져있다는 생각이 들곤 합니다.

고등학교 졸업 후 재수 준비를 위해 서울 친척집에서 입시학원을 다니던 때였습니다. 포항을 떠나보기는 그때가 처음이었습니다. 그래도 재수생의 신분이었지만 성인이 되었다는 자유로움을 느끼고 싶었을 법도 한데, 전 대학생이 아니라는 피해의식이 있었기에 종로에서 가까운 대학로에는 한 번도 가지 않았습니다. 저는 서울이라는 대도시의 밤거리를 다소 불편한 신분으로 처음 경험했던 셈입니다.

서울의 거리는 복잡했지만 그 나름의 원칙이 있는 듯 보였습니다. 높은 빌딩 사이로 줄기차게 이어져 달려가는 자동차의 행렬이 리드미컬하게 느껴졌습니다.

그리고 수직으로 높게 솟아 있는 빌딩 자체가 도시의 경쟁력을 상징하듯이, 도시의 거리는 재력과 권력의 힘을 시각적으로 전달했습니다. 서울의 거리는 도시의 윤택함을 자랑하는 일종의 쇼윈도처럼 느껴졌습니다. 그리고 사람들은 문명과 자본주의가 제공하는 그 현란함을 누리기 위해 거리를 걸어갑니다. 저는 그 거리를 바로 쳐다보고픈 마음이 없었습니다. 아니 그럴 배짱이 없었다고나 할까요. 익명의 사람들 사이에서 이재원은 아주 보잘 것 없다고 느꼈습니다.

그런 위축감 속에서 비추어지는 도시의 야경은 건조했습니다. 새벽이 다가오면서 사람들이 사라진 도시의 야경은 더욱 더 황량하고 쓸쓸하기까지 합니다. 그것이 도시의 이중성입니다. 아름답지만 또한 슬픈 마음이 들게 합니다.

도시의 야경은 현대인의 욕망이 만들어낸 어떤 신기루와도 비슷하다고 느낍니다. 그렇다고 그 신기루가 해로운 것은 아닙니다. 젊을 때는 마음껏 누릴 필요가 있습니다. 하지만 그 욕망의 거리를 나이가 들어서도 계속 다닐 수 있다고는 생각하지 않습니다. 나이가 들면 각자 걸어 다니는 길이 달라지지 않을까요? 때론 자신이 가고자 하는 길을 새롭게 만들어내는 사람들도 있습니다. 결코 주위의 풍경에는 현혹되지 않고 말입니다.

영일대해수욕장의 밤길을 걷다보니 어느새 동빈내항까지 오게 되었습니다. 어릴 적에는 울릉도에 가려면 이곳에서 배를 타야 했습니다. 또 얼음공장에서 어선으로 직접 얼음을 대주는 컨베이어가 많아 항구의 역동적인 분위기를 자아내곤 했지요. 하지만 지금의 동빈내항은 고요합니다.

포항시 보고서에 따르면 매해 포항에서 28개의 축제가 열린다고 합니다. 신년맞이 일출지인 호미곶에서 진행하는 '호미곶해맞이축전'부터 송도해변에서 시작하는 '통일기원 해변마라톤', 연오랑과 세오녀 전설을 조명하는 '일월문화제' 등 다양한 축제가 있습니다. 포항의 축제는 대부분이 포항시의 축제위원회를 통해 운영하고 있습니다. 칠포해수욕장에서 진행되는 '칠포국제페스티벌'의 경우 대아그룹의 메세나 활동을 통해 민간에서 운영하고 있지만 이런 사례가 흔한 것은 아닙니다.

전국 지자체별로 진행하는 축제 대부분은 지역 자산 중 먹거리와 연결된 축제가 가장 흔하며, 특산물이나 관광명소에 대한 스토리텔링을 구축해 자기 고장에 대한 홍보를 하는 형태도 꽤 있습니다. 워낙 축제가 많다 보니 내용도 겹치는 경우가 많은데, 예를 들어 모지역의 축제 아이디어를 서울시가 도용했다며 최근 실랑이가 벌어지는 사태도 있었습니다. 축제 간 경쟁구도가 날로 심각해지는 상황입니다.

이렇게 우후죽순 축제가 많아지고 축제 개최를 놓고 신경전을 벌이게 된 것은 90년대 중반 이후 지방자치제가 시행되면서 자치단체장들이 자신들의 정책 운영이 잘 되고 있다는 일종의 홍보 수단으로 축제를 이용했기 때문입니다. 물론 여기에는 긍정적인 부분도 있습니다. 지역자산을 축제를 통해 소개해 지역경제를 활성화시키고 나아가 지역민의 삶의 질을 향상시킨다는 것이죠. 그런데 이것이 축제의 공통된 목적이 된 이상 진정한 축제의 이유와 비전을 생각해 볼 수 있는 상황은 점점 어렵게 되었습니다.

여기에 정부는 외국인을 대상으로 한 문화관광 상품에 포커스를 맞추어 축제를 지원하다보니 축제의 진정성보다는 상품적 성격이 강한 축제에 계속 지원하고 있는데, 그것이 대한민국을 대표하는 축제라는 오해까지 만들고 있죠. 정부나 문화체육관광부의 지원을 받으면 잘 되는 축제라는 인식이 부지불식간 생겨난 것입니다. 그러다보니 축제의 진정성을 생각하거나 축제의 주체가 되어야 하는 시민들의 의사나 참여와는 무관한 엇비슷한 축제들이 늘어나고 급기야 축제라는 게 별 쓸데없는 예산낭비라는 비판까지 받고 있습니다.

앞으로의 축제 운영에는 좀 더 많은 상상력과 창의성이 발휘되어야만 축제 본연의 기능을 살릴 수 있다고 봅니다. 시민들의 눈높이는 높고 판단력은 정확합니다. 그들이 축제 운영의 전문가는 아니라 하더라도, 그들의 평가는 현장의 바로미터입니다.

물론 축제는 대단히 중요한 지역의 문화·경제적 자산이 될 수 있습니다. 또한 사람들이 여전히 축제를 원하고 있습니다. 하지만 사람들이 가고 싶은 축제를 만드는 일은 결코 쉽지 않습니다. 축제를 통해 도시의 브랜드 가치가 상승하고 지역 경제에 긍정적인 영향을 준 사례는 국내에서도 찾을 수 있게 되었습니다. 부산은 '부산국제영화제'의 위상 덕분에 아시아를 대표하는 국제적인 영화도시가 되었고, '자라섬국제재즈페스티벌'은 잘 알려져 있지 않았던 가평군이라는 큰 바운더리를 음악과 캠핑의 명소로 만들었습니다. '강릉단오제'와 '안동탈춤페스티벌', '춘천마임페스티벌' 역시 전국적인 명성을 가지고 있습니다.

원래 축제는 제의에서 출발한 것입니다. 그렇다고 이 제의라는 게 신성하고 거룩한 것만은 아닙니다. 마을 사람들이 한데 어울려 함께 놀아보자는 의미가 컸습니다. 또한 카니발과 마쯔리와 같은 축제에서 사람들은 일종의 해방감을 느끼는데 이것은 그간의 스트레스나 고통을 발산시켜 다시 일상생활로 복귀할 수 있는 회복제 구실을 하는 것이 축제의 순기능으로 자리하기 때문입니다. 이런 축제를 그저 멀리서 볼 때는 난장판으로 비추어질 수도 있겠지만 이런 경험을 통해 사람들은 다시 활기를 찾고 건강함을 되찾을 수 있는 것이지요. 그런데 이상하게도 누가 시켜서 혹은 해야 하는 일이라는 과제처럼, 수행기관이나 관이 주도하는 행사에서는 이런 축제의 매력을 만나기가 힘듭니다.

그럼에도 불구하고 이미 명성을 쌓고 있는 축제들은 어떤 특징이 있는 것일까요. 저는 결국 사람이라고 봅니다. 축제를 만드는 사람들의 열정과 주체적인 의지가 중요하게 작용해야 축제다운 축제가 만들어질 것이라고 봅니다. 축제 본연의 기능이 살아나기 위해서는 먼저 축제 운영의 자율성과 독립성이 보장되어야 합니다. 보통 세계적으로 이름난 축제들의 경우 축제운영의 책임자 격인 예술감독의 안목을 신뢰하고 그 권한을 보장해 줍니다. 그런 축제의 예술감독이 해당 축제만 2~30년 동안 운영을 맡는 사례는 빈번합니다. 물론 그런 운영이 가능할 수 있었던 것은 예술감독의 능력과 더불어 민간에서 그런 축제의 장을 도모하고, 관이 지원은 하되 간섭하지 않는다는 기본 원리가 지켜지고 있기 때문입니다. 물론 이러한 축제의 장이 민간에서 실현되기는 여러 난제들이 있습니다. 저 역시 민간영역에서 문화기획을 하다보니, 이러한 어려움은 너무나 잘 알고 있습니다.

축제라고 이름을 붙여도 모두가 같은 축제가 되는 것은 아닙니다. 동일한 자원이라도 어떻게 조합하고 또 거기서 어떤 새로운 이야기를 만들어 오늘날 공감할 수 있는 가치와 독특한 개성을 창출해내느냐에 따라 그 결과가 달라집니다. 우리 포항시가 자랑하는 '불'의 이미지는 전라도 광주에서도 사용하고 있습니다. 빛고을 광光을 매개로 한 도시경관 디자인이나 비엔날레 등에 적극 활용하고 있습니다. 광주 역시 LED 조명을 사용하고 밤하늘에 폭죽을 쏘아올리는데 이건 서울 여의도 한복판에서도 마찬가지입니다.

요지는 '불'과 '쇠'를 포항과 어떻게 연결시켜 경쟁력 있는 문화적 파급효과를 창출하는지가 관건입니다. 따라서 앞으로의 축제 운영에는 좀 더 많은 상상력과 창의성이 발휘되어야만 축제 본연의 기능을 살릴 수 있다고 봅니다. 시민들의 눈높이는 높고 판단력은 정확합니다. 그들이 축제 운영의 전문가는 아니라 하더라도, 그들의 평가는 현장의 바로미터입니다. 행정가의 입장에서 축제를 도시 브랜딩의 홍보 수단으로만 여길 게 아니라 시민들의 문화적 욕구를 축제에 어떻게 담아낼 수 있을 지에 대한 고민이 더 필요하리라 봅니다. 결국 민과 관의 영역이 정확하게 나뉘어져야 하고 서로의 전문성을 바탕에 둔 신뢰가 구축되어야지만 우리 지역 축제가 활기를 띄게 될 것이라고 봅니다.

포항여객선터미널

독도로
가는 길

올해 두 번째로 개최한 '독도사랑 국악사랑 대한민국 국창대회'를 마치고, 개천절에 맞춰 이번 대회 수상자인 염경애 명창의 독도공연을 위해 포항여객선터미널에서 일행을 만나기로 했습니다. 2박3일 간의 일정이 그리 길다고 볼 수는 없지만, KTX를 타고 서울에서 오는 염경애 명창을 비롯해 대구, 울산 등 각지에서 모이게 되는 일행들의 이동거리를 따져보면 분명 긴 여정입니다. 이렇게 사는 곳은 각기 다르지만 마음은 한 곳으로 향해 있습니다. 바로 독도입니다. 이곳에서부터 동쪽으로 267km 거리에 있는 우리 국토의 가장 먼 땅입니다.

포항에서 독도에 가려면 먼저 울릉도에 도착한 다음, 다시 독도로 가는 여객선을 갈아타야 합니다. 포항에서 울릉도가 다른 지역보다 거리가 가장 가까운 것은 아니지만 울릉도 도동항에 도착하는 가장 빠른 여객선인 썬플라워 1호가 이곳에서 출발합니다. 그리고 겨울에 울릉도를 왕복하는 유일한 여객선은 썬플라워 1호뿐입니다.

지난해 독도공연은 날씨가 그리 좋지 않아 출발부터 어려움이 많았습니다. 무엇보다 울릉도와 독도 간의 뱃길은 파도가 심해 결항인 날이 많을뿐더러 독도에 도착하더라도 파도가 세지면 아예 섬에 발을 들일 수가 없습니다. 평균적으로 독도에 접안할 수 있는 확률은 70%밖에 되지 않습니다. 그렇게 경우의 수를 따져보면 독도에서 공연한다는 것 자체가 얼마나 어려운 일인지를 실감하게 됩니다. 물론 저조차도 이런 변수를 모르고 시작한 것은 아닙니다. 그래도 독도에서의 공연은 앞으로도 꼭 해야 할 이유와 의미가 충분합니다. 하여튼 올해도 무사히 독도공연을 마칠 수 있기를 빌고 또 비는 동안 일행들이 모두 포항여객선터미널에 도착했습니다. 오전 9시 50분, 드디어 울릉도로 향하는 썬플라워호가 출발합니다.

포항에서 동쪽으로 267km 거리에 있는 우리 국토의 가장 먼 땅, 독도입니다.

울릉도까지 가는데 세 시간 정도 걸리지만 이때 할 수 있는 일이라곤 오로지 자신과의 싸움에서 살아남는 것입니다. 일행 중 지난해 독도공연을 갔다 오신 분들은 배에 오르자마자 실내에서 평평하게 누울 곳부터 찾습니다. 지난해 파도가 심하게 치는 바람에 유일하게 저만 제외하고 모든 일행들이 배멀미를 했습니다. 지난해는 김소영 명창께서 독도공연을 함께 했는데 공연준비가 다 될 때까지 배멀미로 인해 일어나지도 못하셨습니다. 그런데 관객들이 기다리고 있다고 하니 공연을 하러 일어나시더군요. 방금 전까지만 해도 말도 잇지 못하셨는데 말입니다. 프로정신이라는 게 얼마나 초인적인 힘을 발휘하는지 실감했습니다.

어쨌든 배는 동해 한 가운데를 거침없이 나아가고 일행들 태반이 배멀미를 하기 시작합니다. 배멀미가 날 때는 의사도 소용없습니다. 그저 평평한 곳에 누워 눈을 감고 잠을 청하는 수밖에 없지만 그게 어디 쉬운 일인가요. 이번엔 저도 지난해와는 달리 배멀미를 하게 되었습니다. 배멀미보다 힘든 건 겉으로는 아무렇지 않은 척 할 수밖에 없다는 겁니다. 제가 흔들리면 다른 사람들이 더 불안해 할 것만 같았습니다. 그래서 마음속으로 주문을 겁니다. '나는…이순신이다!'

우리나라 여객선의 객실에는 대부분 의자만 설치되어 있는데, 배멀미에는 앉아 있는 것 자체가 아주 곤욕스럽습니다. 그런데 이렇게 세 시간을 버티면 그걸로 끝나는 게 아닙니다. 다시 울릉도에서 독도까지의 세 시간은 더 작은 배로 운항하기에 배의 요동이 더 심합니다. 이번에 처음 독도를 방문하는 일행에게는 차마 이 사실을 얘기할 수가 없었습니다.

'우짜노'.

간신히 울릉도 도동항에 도착했건만 날씨가 수상합니다. 오후부터 흐려지는 것이 내일 배가 뜰 지 걱정부터 앞섭니다. 울릉도에서 독도로 가는 배편은 오전에만 있기 때문에 하루는 울릉도에서 묵어야 하는데, 지난해에도 밤중에 정화수를 떠놓고 일행들과 독도에서 공연을 할 수 있게 해달라며 치성을 드렸습니다. 아무래도 이번에는 더욱 치성을 드려야겠습니다.

올해는 지난해보다 짐을 확실히 줄여서 왔기에 숙소까지 짐을 가지고 이동하는 게 훨씬 수월했습니다. 지난해에는 무대장비를 싣고 배에 탔기 때문에, 택시를 타려고 하니 이게 만만치 않았습니다. 이십여 명의 일행이 공연에서 사용하는 조명기와 음향장비를 전용차량 없이 운반한다는 게 보통 일이 아니었습니다. 다행히 일행 중에 울릉도가 고향인 분이 있었는데, 그 분 친구를 이동 중에 만나, 차량으로 짐을 실어다 주셨지요. 그때 차량 지원을 받지 못했다면 숙소까지 두어 시간을 걸어가야 했을 것입니다.

올해는 지난해의 시행착오를 반복하지 않기 위해 썬플라워호에 차량 한 대를 싣고 가야지 싶었는데, 차량선적을 하려면 떠나기 전날 밤부터 대기를 해야 할 정도로 경쟁이 치열하다고 합니다. 더군다나 이마저도 꼭 차량을 배에 실을 수 있다는 보장이 없다는 소리를 듣고는 깨끗이 마음을 비웠습니다. 차라리 짐싸기의 달인으로 거듭나는 게 더 빠르고 확실하다고 생각했으니까요. 십시일반 공연 때 사용할 장비들을 나눠들고 숙소로 잡은 민박집에 도착했습니다. 내일 아침 일찍 독도로 출발하려면 빨리 잠을 청하는 게 좋을 텐데, 울릉도에 이렇게 짧게 머무는 것이 아쉬워, 일행들과 곡주를 마시며 울릉도의 밤하늘을 함께 쳐다보았습니다.

2장 _ 포항의 바다와 항구

아침은 밝았지만 바람이 세차고 날이 흐린 것을 보니 아무래도 독도로 가는 배가 뜨지 않을 것만 같았습니다. 그래도 일단 사동항에 가서 배 운항 여부를 확인하는데, 역시나 결항이라네요. 하지만 그날이 바로 개천절이기 때문에 이 날에 맞춰 공연을 하는 것이 이 행사의 취지를 살리는 일이라 생각했습니다. 그래서 일행들과 울릉도에서 공연하는 것에 대한 의향을 물어보았습니다. 특히 염경애 명창에게는 독도 공연의 의미가 컸던지라 그 분의 상심이 크지 않을까 걱정했는데 의외로 시원하게 답하십니다. "괜찮다"고. 이에 그 자리에서 일행들과 울릉도에서 공연하기에 마땅한 장소를 찾아보기로 했습니다.

그렇게 현지 주민들에게 물어보니 마침 이곳에 독도박물관이 있다고 합니다. 독도에서 공연할 수는 없더라도 독도박물관에 가면 뭔가 독도와 연결되는 부분이 있으리라는 기대를 품고 독도박물관에 갔지만, 예상했던 것과는 달리 그 곳은 공연할 수 있는 여건은 안 되더군요. 그래서 울릉도 내에서 몇 군데 답사를 하고 있는데 일행 중의 한 사람으로부터 연락이 왔습니다. 울릉도 서면 쪽에 있는 '통구미'라는 마을로 와보라는 내용이었지요. 해서 일행들과 부랴부랴 통구미로 향했습니다.

통구미는 작은 어항을 낀 마을입니다. 울릉도 남쪽 부근의 경사가 심한 계곡 기슭에 마을이 위치하고 있어서 바다에서 보면 이 마을이 꼭 큰 통처럼 생겼다고 해서 이름 붙여진 것이라고 합니다. 통구미 마을에는 향나무 자생지가 바닷가 절벽들 사이로 펼쳐져서 천연기념물로 보호되고 있었는데 푸른 바다와 기암괴석이 어우러진 해안절경을 보니 독도의 풍경이 연상되었습니다. 해서 이곳이 공연을 하기에는 딱이겠다 싶었습니다. 일행 중 몇 분은 마을주민들에게 공연을 하니 구경들 오시라 얘기를 하고, 나머지 일행은 서둘러 항구 부근에 간소하게나마 무대를 마련했습니다. 그런데 이곳에 마침 전라남도 나주에서 단체관광을 오신 일행들이 도착하신 겁니다. 예상도 하지 못한 판소리 공연을 감상하게 된 관객들은 판소리 공연의 흥을 너무나도 잘 북돋아 주셨습니다. 이에 염경애 명창은 이들을 위해 진도아리랑을 앵콜곡으로 선사했습니다. 이렇게 울릉도에서의 둘째 날을 보내게 되었습니다. 아쉽지만 올해는 독도에서의 공연은 하지 못하는구나 싶었지만 통구미 마을에서의 공연 또한 의미 있는 공연이라고 생각했지요.

울릉도에서의 셋째 날을 맞이했습니다. 일정대로라면 울릉도 도동항에서 포항으로 오후 3시 반에 출발하는 여객선을 타야 했습니다. 그런데 어제와는 달리 날이 환히 개고 파도도 잠잠한 것이 독도로 가는 배가 운항할 것 같았습니다. 일행들과 다시 급하게 결정해 독도에 가서 짧게라도 공연을 하자는 데 의견을 모았습니다. 그렇게 오전 8시 반에 출발하는 배를 타고 독도에 갔습니다. 출발하기 전에는 파도가 잠잠해 배가 요동을 치지 않을 것 같았지만 막상 배를 타고 보니 이번에도 바이킹입니다. 그렇게 세 시간을 보내고 독도에 도착했습니다. 독도에 하차해 다시 승선하기까지 허용되는 시간은 30여분입니다. 만약 그 시간을 넘기면 다음 번 배가 들어올 때까지 기다려야 하는데, 평소 독도의 기상상태를 감안

한다면 다음 번 배가 언제 들어올지는 예측하기는 어렵습니다. 지난해 개천절 날 독도공연은 첫 공연이라 무리수를 두더라도 공연준비를 제대로 해서 공연을 하고 다음번 배를 타고 독도를 빠져나오는 것으로 일정을 정했지만 올해는 이미 하루를 울릉도에서 보냈기에 일행들의 다른 일정까지 저당 잡을 수는 없었지요. 해서 올해는 정말 짧게 독도에서의 공연을 마무리하게 되었습니다.

다시 울릉도에 도착해 포항으로 가는 배편을 기다리는 사이, 2박3일이라는 짧은 여정을 함께 한 일행들의 얼굴을 다시 한 번 마음에 되새기며 이들 모두에게 고맙고 반갑다는 인사를 마음 속으로 다시 드렸습니다. 포항여객선터미널에 도착하는 대로 이들은 모두 각지로 흩어질 테니까요. 이들에게 이번 독도 공연이 어떤 의미로 남을지, 또 울릉도에서 만난 나주 관광객들과 통구미 마을의 주민들, 독도로 가는 배를 같이 탄 승객들이자 관객들이 우리의 공연을 오래 기억할 수 있을지를 생각해 봤습니다. 그리고 앞으로 독도에서 공연을 하는 동안 또 어떤 경험을 하게 될 지도 사뭇 궁금해지기까지 합니다. 아, 포항으로 출발하는 배가 도착했네요. 이제 집으로 돌아갈 시간입니다.

독도로 가는 길

2012년부터 개최하고 있는 '독도사랑 국악사랑 대한민국 국창대회'는 대통령상을 받은 전국의 명창들을 대상으로 하고 있습니다. 이 명창들이 다시 포항에서 만나 경연을 벌여 장원인 '독도상' 수상자를 선발해 이 수상자가 같은 해 개천절에 독도에서 판소리 공연을 하는 것이 행사의 전체적인 구성입니다.

그간 여러 문화 행사와 프로그램을 진행하면서 느낀 것은, 제대로 된 판을 이곳 포항에서 벌이는 게 정말 필요하다는 것이었습니다. 특히 문화기획과 같은 일은 국악이 되었듯, 클래식이 되었든, 축제가 되었든 제대로 격식과 품위를 갖추고 늘 최고의 공연으로 관객을 맞이해야 합니다. 그래야만 이 공연을 우연찮게라도 접한 사람들이 국악에 대한 호기심, 예술에 대한 감동을 느낄 수가 있으리라 생각하기 때문입니다.

제 경우가 그렇습니다. 아마 고등학교 2학년 때 쯤으로 기억이 납니다. 당시 학교 대표로 서울에서 연수교육을 받을 기회가 있었는데 그 프로그램 중에 판소리 강의가 있었습니다. 흰 두루마기를 입고 강의실로 들어오는 조상현 명창이 국악에 대한 강의와 함께 직접 소리 한 대목을 해주셨습니다. 이 대목은 판소리를 잘 모르던 시기였지만 지금도 기억에 생생하게 남아있습니다.

판소리 '춘향가' 중 '초경 이경~' 이렇게 시작하는 대목인데 이몽룡이 어사가 된 후 거지행색으로 내려와 춘향의 어머니와 만난 후 옥에 갇힌 춘향이를 보러가는 대목이었습니다. 밤 늦게 기도를 올리던 춘향 어머니의 모습에 감동을 한 이몽룡이었지만 일부러 거지 모습을 보이며 웃음을 자아내는 대목이었지요. 이후 춘향이를 보러가기 위해서는 날이 밝아야 하는데 마침 그 때 초경, 이경, 삼경, 사경, 오경이 지나면서 바루가 울리는 대목이 나옵니다. 판소리에서는 이 시간을 알리는 바루소리 또한 소리꾼이 내야합니다. 근데 조상현 명창이 바루소리를 '댕~댕~' 하는데 저도 모르게 그만 머리가 쭈뼛 서는 감동을 느꼈습니다. 어찌 사람의 목소리가 그렇게 실감나게 물체에서 나오는 소리를 내는지, 아니 효과음으로 아름다운 가락 이상의 감동을 줄 수 있는지가 놀랍고 신기했습니다.

　사람은 자신이 알든 모르든 인생에서 큰 변환기를 맞을 수 있는 기회를 몇 번 얻는다고 합니다. 제게는 이때의 경험이 전환점이 되었습니다. 하지만 이런 기회는 제가 학교 대표로 서울에 가지 않았다면 그냥 지나쳤을 기회입니다. 달리 이야기하면 포항에서는 이런 기회가 없었기 때문에 국악을 아예 접해보지도 못하고 그냥 싫어하는 음악으로 넘기는 사람들이 많을 수도 있을 것입니다. 모든 사람들이 국악을 다 좋아하기를 바랄 수는 없지만, 적어도 국악을 접해보고 싫어하는 것과 국악을 접할 기회가 없어 막연히 싫어하는 것에는 차이가 있습니다.

'독도사랑 국악사랑 대한민국 국창대회'는 대통령상을 받은 전국의 명창들을 대상으로 하고 있습니다. 이 명창들이 다시 포항에서 만나 경연을 벌여 장원인 '독도상' 수상자를 선발해 이 수상자가 같은 해 개천절에 독도에서 판소리 공연을 하는 것이 행사의 전체적인 구성입니다.

하여튼 이왕지사 일을 하려면 제대로 해야 한다는 게 제 신조다 보니, 대회의 이름에 나라의 큰 소리꾼이란 뜻의 '국창國唱'이란 이름을 붙였고 그만큼 상금도 최고 수준으로 해야 한다고 생각했습니다. 매년 수많은 판소리 대회가 열리고 있지만 대중적인 관심을 일으키는 대회는 별로 없는데, 저 또한 그런 비슷한 대회를 만들고 싶지는 않았습니다. 그래서 대중의 관심을 불러일으키고, 국악인의 사기 진작을 위해 '왕중왕전' 형식으로 높은 상금을 내건 국창대회라면 새로운 반향을 일으킬 수도 있다고 생각했습니다.

또한 독도에서 우리의 한복을 입은 최고의 명창이 최고의 우리음악인 판소리를 하는 것, 독도가 대한민국의 영토임을 알리는 메시지가 문화적인 방법을 통해 전달되는 것이 가장 효과적일 수 있다고 생각했습니다. 독도에서의 공연 영상을 유투브에 등록시켜 이를 국내뿐 아니라 해외에서도 실시간 접속할 수 있는 환경에서 구현한 것도 이런 의미를 사람들과 널리 공유하기 위해서입니다.

사실 독도와 국악 모두 우리가 지켜야할 소중한 자산입니다. 더군다나 판소리는 세계문화유산이며 그에 어울리는 명창들의 위상이 높아야 국악 자체에 대한 위상도 환기시킬 수 있을 것입니다. 문화가 곧 국격이라는 인식이 점차 확산이 되는 세계 속에서 언젠가는 이 '독도사랑 국악사랑 대한민국 국창대회'의 전체 행사가 독도에서 열릴 날이 올 수도 있다는 상상을 해봅니다.

구룡포 근대문화역사거리

남길 것인가,
버릴 것인가

서울에서 손님이 와서 모처럼 해안길을 따라 운전하게 되었습니다. 가는 길에 잠시 양포항에 들러 근래 통 인사를 나누지 못한 선배의 안부를 묻고, 모포리를 지나 구룡포항에 다다랐습니다. '아홉 마리의 용이 승천한 바다'라는 전설을 지닌 구룡포는 세찬 바닷바람과 함께 오래 전부터 풍부한 어장으로도 이름난 곳입니다. 지금은 여느 어촌마을이나 다름없이 그 풍경이 자꾸 비슷해지는 것이 안타깝습니다만 아직도 구룡포항에 들어서면 대게 모형의 대형 간판이 먼저 보이고 멀리서 구룡포 과메기의 흐릿한 비린내를 느낄 수 있습니다.

　　어릴 적부터 구룡포에 와서 항구에 드나드는 어선들을 보는 게 큰 재미였습니다. 하지만 무엇보다 이곳이 자꾸 그리워지는 것은 항구 뒷골목에 있는 '철규분식' 때문입니다. 오랫동안 노부부가 운영하고 있는 이 작은 분식집은 적어도 우리 식구들에게는 구룡포의 명소로 자리 잡고 있습니다. 특히 저의 어머니께서 인정하신 이 집의 찐빵은 일반 찐빵에 비해 크기는 작지만 아기자기한 모양새며 표면을 감도는 누르스름한 빛이 어딘지 투박하면서도 특별한 정이 들게 합니다. 한 입 베어 먹으면 팥소에서 구수하고 은근한 단맛이 납니다. 그리 달다고도 짜다고도 할 수 없는 특별한 맛을 느끼게 하는데, 한마디로 아무리 먹어도 질리지 않는 맛입니다.

　　원래 자극적인 음식이 처음엔 맛있다고 느껴질지 모르지만 계속 먹게 되면 입에 물리기 마련입니다. 물론 포항음식이 짜고 맵다고 전국에 소문이 나있는 것을 모르는 것은 아닙니다. 하지만 서울에서 의대 수업을 받는 동안 사람들의 입맛을 들여다보니, 지역에 따라 개인마다 길들여진 입맛의 차이도 상당하다는 것을 느꼈습니다. 포항에서 나고 자란 저는 이 고장의 음식 맛에 길들여져 자극적인 음식을 좋아하지만 가끔 이런 담백한 음식은 별미 중의 별미입니다.

'자극적인 맛'에 대해 구분을 해본다면 같은 음식을 하루 한 끼만 먹을 수 있느냐, 아니면 두 끼 이상 먹을 수 있느냐가 제 나름의 기준입니다. 당연히 자극적인 음식은 한 끼만 먹을 수밖에 없습니다. 프랜차이즈 음식들이 대표적입니다. 이 음식들은 경상도나 전라도, 서울 어디에서나 다 똑같은 맛을 냅니다. 맛의 평준화가 이루어진 셈이지만 그것이 결코 우리의 섬세한 미각을 살려준다고 생각하지는 않습니다. 이 음식들에는 어떤 감동도 느껴지지 않기 때문입니다.

음식에서 감동을 느끼는 순간은 음식을 만드는 사람의 정성을 느끼는 순간과 같습니다. 아무리 비싼 음식이라 해도 만든 사람의 마음이 보이지 않는다면 그건 좋은 음식일 리 없습니다. 그래서 좀 심한말로 프랜차이즈 식당이나 패스트푸드의 음식들은 그저 공산품 내지는 물건으로만 느껴집니다. 오백 원짜리 찐빵 하나라도 만든 이의 정성이 담겨있고 먹어서 마음이 따뜻해 질 수 있다면 그것은 참으로 귀한 음식입니다. 우리의 입을 즐겁게 하고 마음을 윤택하게 해주는 좋은 음식, 바로 추억이 담겨 있는 음식입니다.

이날도 구룡포항에 도착하자마자 주차장에 차를 대놓고 제일 먼저 철규분식으로 향했습니다. 다행히 찐빵이 남아있어 기다리지 않고 바로 따뜻한 찐빵을 살 수 있었습니다. 일행들과 두 개씩 나눠 그 자리에서 먹었는데 모두들 맛있다고 합니다. 정성과 추억의 맛을 알아본 모양입니다. 그래서 운을 띄워 봅니다. 이참에 가게 안에 들어가 국수 한 그릇을 드셔보는 건 어떠냐고요. 하지만 다들 점심을 먹은 지 얼마 되지 않은 터라 사양을 합니다. 모처럼 구룡포에 왔지만 철규분식의 냄비국수까지 먹고 가기는 역부족이었습니다.

이제는 명소가 된 구룡포에는 이곳 유일의 국수공장인 '제일국수공장'이 있습니다. 이곳의 수제국수만을 사용하는 철규분식의 냄비국수는 비록 찐빵만큼의 명성은 얻지는 못했지만 제 입맛에는 최고입니다. 사심을 보탠다면 제일국수공장 맞은편의 '할매국시'의 멸치국수보다 철규분식의 냄비국수가 제게는 더 친근하고 구수한 맛입니다.

40년간 직접 손으로 뽑는 국수만을 고집하는 제일국수공장을 둘러보면 꼭 시간이 정지된 듯한 인상을 줍니다. 가게에 딸린 마당에 기계식 저울이며 면을 반죽할 때 사용하는 주걱과 그릇 등이 나와 있는 것을 쉽게 볼 수 있습니다. 저는 이렇게 손때가 묻어있는 물건들을 보면 주인의 얼굴보다 오랜 기간 이 도구를 쥐고 살았을 그 사람의 손이 더 보고 싶어집니다.

용흥동에 있는 탑산보다는 낮지만 정감어린 구룡포항을 내다볼 수 있는 공원이 항구 중앙에 있습니다.
어릴 적부터 구룡포에 와서 항구에 드나드는 어선들을 보는 게 큰 재미였습니다.

한창 이 마을이 번성했을 때는 국수공장도 많았다고 하지만 지금은 이 집만
남아 있습니다. 그래도 수제국수 공장이 하나라도 남아 있다는 게 다행입니다.
지난 세월동안 우리는 손으로 만들어진 참으로 귀하고 아름다운 우리의 유산들
을 잃어버리고, 또 잊고 살았습니다. 우리가 계속 이어나가야 하는 기억과 감각
을 상실한 채 말입니다. 그래도 최근에는 사람의 손으로 직접 만드는 물건이나
음식에 대한 가치를 알아가고 찾으려는 사람들의 노력이 있어 그나마 위안이 됩
니다.

사람의 손이 위대하다고 느끼는 것은 이 두 손으로 문명과 예술을 탄생시켰기
때문입니다. 사람이 손을 사용할 수 있게 된 것은 직립보행이라는 인류의 진화과
정에서 얻어진 축복입니다. 지금으로부터 4백만 년 전 사람은 손과 발을 이용해
네 발로 기어 다니는 벌거벗은 원숭이에 지나지 않았습니다. 그러한 인간이 두

발로 땅을 딛고 일어서게 된 이후에서야 손의 자유를 얻은 셈입니다. 이후 나무 위에서 내려와 정착하게 되면서 인간의 의식주가 비로소 그 의미를 가지게 되었습니다. 어쩌면 사람의 손은 인류의 가장 오래된 기억과 감각을 간직한 채 오늘에까지 이어주는 가장 큰 매개체가 아닌가하는 생각이 듭니다.

그래서 드는 생각이 '사람의 손은 자유로워야 한다'는 것입니다. 언제 어디서나 자유롭게 움직이고 섬세한 감각을 경험하고 느낄 줄 알아야 합니다. 그래서 자연과 사물의 거친 이면을 기꺼이 따라갈 줄 알아야 하고 그것이 진정으로 '아름답다'는 것을 느껴야 합니다. 그래서 저는 사람들이 하루에 한 번쯤 자신의 손을 들여다보기를 권합니다. 대다수의 현대인들이 일상생활 중 가장 많이 손으로 경험하는 것이 뭘까요? 고작 휴대전화의 통화버튼과 컴퓨터 자판이겠지요. 이는 원래 가지고 있는 손의 기능을 퇴화시키는 것이라고 봅니다.

여러분, 손에게 자유를 허합시다. 이 손으로 할 수 있는 게 많습니다. 손의 느낌을 느낄수록 자신이 살아있음을 느낄 수 있습니다. 국수를 뽑고 있는 국수공장 할머니의 손이나 철규분식 할머니의 손이 위대한 것은 이 때문이기도 합니다.

간혹 수술을 할 때면 손끝에 전해지는 어떤 긴장감 같은 걸 느낄 때가 있습니다. 북을 치기 위해 북채를 잡을 때와 비슷한 느낌인데 이럴 때마다 제 손의 모양과 형태를 다시 들여다보게 됩니다. 그 순간 손끝에서 온 몸으로 퍼져나가는 전율과 긴장이 저와 세상을 조금 더 아름답게 한다고 믿습니다.

용흥동에 있는 탑산보다는 낮지만 정감어린 구룡포항을 내다볼 수 있는 공원도 항구 중앙에 있습니다. 지금은 '구룡포 근대문화 역사거리'로 조성된 진입로와 연결되어 예전보다 쉽게 눈에 띕니다.

'구룡포 근대문화 역사거리'는 과거 일본인들의 집단거주지였습니다. 구룡포 읍내 골목 일부에 남겨진 목조건물들을 보수해 꾸며 놓은 곳입니다. 일본에는 에도막부가 끝난 메이지시대부터 쇼와시대 때 지은 서양식 건축물이 많이 남아 있습니다. 이른바 '양관洋館'이라는 이 건축물을 보면 일본이 서구화된 도시 공간을 구축하기 위해 그들만의 관점으로 또 다른 양식을 만들어낸 것을 볼 수 있습니다. 일본에서도 전통적인 주거양식이 있었지만 당시엔 서양식 건축물을 짓는 것이 일본의 근대화를 앞당길 수 있는 일이라 여겼던 모양입니다. 또 그로 인해 일본의 근대화가 완성될 수 있다고 믿었던 것 같습니다. 실제로 일본정부는 서양의 건축공법과 기술을 적극적으로 수용했고 유럽의 건축가를 초청해 공사를 의뢰한 경우도 많았습니다.

구룡포 근대문화 역사거리는 누구를 위해 만들어진 것일까요? '역사거리'라 지칭할 때는 이 거리가 누구에 의해 역사적 조명을 받아야 하는 지 그 관점을 명확히 해야 할 필요성이 있습니다.

우리나라도 근대화를 겪었습니다. 서양 문화를 통해 일본의 근대화가 시작되었고, 우리나라는 서양식 근대화가 일본식으로 변형된 근대화를 받아들이게 됩니다. 더욱이 식민지 지배라는 굴욕적인 틀 속에서 제한적으로 근대화를 이식받다보니 문제가 생겼습니다. 우리의 근대화 과정은 우리식의 관점이 빠진 이식된 문화라는 점입니다. 대표적으로 흔히 적산敵産가옥이라고 말하는 건물들은 대부분 일제식민지 시대의 유물입니다. 지금은 분위기 있는 이국적인 건축물로 비추어 질 수 있지만 결코 우리 것이라고 할 수는 없습니다.

구룡포 근대역사관으로 이용되는 2층 목조건물 또한 1920년대에 가가와현에서 왔다는 하시모토 젠기치橋本善吉가 짓고 살았다는 살림집입니다. 구룡포에서 선어운반업으로 크게 성공해 부자가 된 그는 당시 건물을 짓기 위해 일본에서 건축자재를 운반해 이 건물을 지었다고 합니다. 하지만 그가 쌓은 부의 대부분은 구

룡포 어민들의 몫이었습니다. 당시 구룡포에 일본인 거주율이 높았다는 것은 그만큼 이곳이 착취와 수탈의 중심이었다는 것을 알 수 있습니다, 이는 구룡포 주민들의 삶이 더 헐벗고 굶주려야 했다는 의미일 것입니다. 일본인 가옥거리에 살던 일본 어부들(대부분 가가와현 출신)은 일본을 떠날 때 일본정부를 통해 '절대 민폐를 끼치지 말라'는 말을 듣고 왔기 때문에 이웃 주민들과는 상당히 친하게 지냈다고는 합니다. 하지만 아직 살아계신 분들의 이야기를 들어보면 "눈앞의 일본인들은 싫지 않은데, 징집이다 뭐다 하면서 이웃들이 끌려가는 걸 보면 싫지 않아도 싫어할 수밖에 없었다"라고들 하십니다.

현재 전국적으로 적산가옥을 근대역사관으로 활용하는 경우가 많이 있는데, 저도 반대하지는 않습니다. 부끄럽고 불편한 역사라 할지라도 후손들에게 그 현장을 남겨, 다시는 그러한 시행착오를 반복하지 않게끔 반면교사의 사례를 보여주는 것도 필요하기 때문입니다. 하지만 구룡포 근대문화 역사거리를 걸으면서 도대체 이 거리를 누구의 관점으로 바라봐야 하는지 가늠하기 어렵다는 것은 문제입니다. 우리가 근대문화라고 지칭하는 상당수가 우리의 문화가 아닌 경우가 많습니다. 더군다나 이것을 '역사거리'라 지칭할 때는 이 거리가 누구에 의해 역사적 조명을 받아야 하는지 그 관점을 명확히 해야 할 필요성이 있습니다.

구룡포 근대문화 역사거리는 누구를 위해 만들어진 것일까요? 구룡포 적산가옥을 구경하러 온 국내 관광객 혹은 일본인 관광객일까요? 아니면 그곳에서 지금까지 살아온 구룡포 주민들을 위한 것일까요? 구룡포의 목조건물들 사이를 걸으면서 느껴지는 이질감은 이 거리의 주인공이 구룡포 주민이 아닌 일본인처럼 느껴지는데서 비롯됩니다.

일본에 가서 일본인들의 생활상을 경험해보는 것과 구룡포에서 그들의 생활상을 접한다는 것은 차원이 다른 얘기입니다. 그들의 생활을 보여주어야 할 당위성이 있다면 적어도 이 거리의 주인은 구룡포 주민이라는 것을 먼저 밝혀야 한다고 봅니다. 설령 그것이 슬프고 불편한 얘기라 하더라도 우리는 우리의 후손들을 위해 그렇게 해야 할 의무가 있습니다. 또한 지역 유산에 대한 역사적 의미와 가치를 제대로 이해하지도 않고 단지 이국적인 풍경을 배경으로 한 포토존의 용도로만 지역 자산을 사용하는 것은 역사를 너무 가볍게 인식하는 태도가 아닐까요?

호미곶

한 해가 지나면
자동으로 붙는
숫자

2013년 11월 28일자로 제주도를 찾은 관광객 수가 1천만 명을 돌파했다는 기사를 접하게 되었습니다. 세계적인 섬 관광지인 발리나 하와이 등을 제치고 제주도가 관광객 1천만 명 시대를 먼저 연 것입니다. 제주도 관광 열풍이 급물살을 타게 된 것은 뛰어난 자연 경관 때문이기도 하겠지만, 그 곳을 충분히 느낄 수 있도록 코스를 개발한 '올레길'도 한 몫 했습니다. 올레길의 성공 이후 지리산 둘레길, 청산도 슬로우길, 서울의 북한산 둘레길 등 다양한 산책로가 계속 생겨나고 있으며 각 지자체마다 이러한 산책로 조성에 많은 예산을 할애하고 있습니다. 포항시도 이런 분위기를 의식해서인지 여러 둘레길을 조성하고 있습니다.

사실 '걷다'라는 행위 자체는 우리가 살아있는 동안 숨을 쉬는 것처럼 자연스럽게 이루어지는 신체동작입니다. 교통수단이 발달하기 전까지 사람들은 걸어서 수십리 길, 수백리 길, 많게는 수천리 길을 걸어 다녔습니다. 그렇게 오랜 기간 사람들은 걸었고, 또 먼저 걸어간 다른 사람의 발자국을 따라 길을 만들었습니다. 그렇게 옛길은 오랜 세월 사람들의 왕래를 통해 만들어진 것입니다.

사람들이 올레길에 열광하는 것은 어쩌면 우리의 일상이 걷는 행동과 멀어졌기 때문이라고 봅니다. 자동차를 비롯해 문명의 편리함이 우리 생활을 지배하면서 우리 몸도 차츰 변하고 있습니다. 이러한 변화가 단지 몸무게나 신장 등의 통계상의 수치로만 확인되는 건 아닙니다. 우리의 정신과 정서가 이러한 환경 속에서 변화하고 그 부족함을 느끼고 채우려고 합니다.

그래서 '걷고 싶다'라는 욕구는 이 첨단과학 문명이 지배하는 현대사회 속에서 벌일 수 있는 일종의 반항이라고 봅니다. 천천히 그리고 느리게 걸음으로서 속도와 문명에 대항해 원래 생활의 일부였던, 인간의 몸이 지향해왔던 곳으로 돌아가고자 하는 게 아닐까합니다. 오늘날의 걷기열풍이나 도보여행 상품을 보면, 한편으로는 도시문명으로 인해 사람들이 갈망하는 자연과 그 자연에 동화될 수 있는 인간의 가장 근본적인 삶의 형태인 걷기가 얼마나 절실한지 새삼 느껴집니다.

그런데 이렇게 최근 주목받고 있는 걷기열풍을 들여다보면서 도대체 우리나라에서 가장 많이 걸어다녔을 사람은 누구였는지 궁금해집니다. 봇짐을 지고 전국을 돌아다녔을 보부상일지 아니면 어깨에 바랑 하나를 걸쳐 매고 운수행각 하던 스님일까요. 당연히 조선 최고의 지도제작자였던 '고산자 김정호古山子 金正浩'도 떠올리지 않을 수 없겠습니다. 그야말로 두 발로 이 나라 구석구석을 누빈 김정호는 '대동여지도'를 만들면서 조선의 가장 동쪽 땅이 어디인지를 살피기 위해 이곳도 분명히 들렀을 것입니다. 이곳은 바로 '호미곶虎尾串'입니다.

옛 사람들이 붙인 지명을 보며 '아니 인공위성도 없던 시절 어찌 이렇게도 딱 들어맞는 이름을 지었을까' 하는 감탄을 자아내게 하는 경우가 많습니다. 사실 호미곶은 2001년 12월에 와서 지금처럼 지명이 변경되었고 이전엔 동외곶, 장기곶으로 불렸습니다. 장기長鬐는 긴 지느러미 혹은 긴 갈기란 뜻인데 동해안의 해안선 중에 유독 이 부분만 바다 쪽으로 도드라져 나와 있습니다. 그래서 선조들이 이 모양을 보고 짐승의 갈기나 지느러미로 생각한 것도 당연하다고 봅니다. 하지만 그럼에도 불구하고 참 신기하고 재치있는 명명이라는 생각이 듭니다.

조선에서 가장 동쪽 땅인 이곳 호미곶에서 탁 트인 동해바다를 바라보며 고산자 김정호는 어떤 생각을 했을까요? 걸어서 조선 팔도를 누볐을 그를 생각하면 사람의 두 다리가 얼마나 대단한 지 다시 느낍니다. 필경 그의 두 다리를 움직이게 했던 것은 우리나라의 지도를 만들어야 한다는 일념 때문이었을 것입니다. 하지만 이 땅의 산과 바다, 그리고 사람들의 삶에 대한 애정이 없었다면 그토록 훌륭한 지도를 만들지 못했을 것이라는 생각이 듭니다. 그가 걸어갔을 옛길이 혹시 이곳 포항에도 남아있지 않을까 생각해봅니다. 그간의 세월 동안 우리 땅의 모습이 너무나 바뀐 상황이라 그 길은 영영 잃어버린 듯 싶다가도 나무 한그루 풀 한 포기에도 이 땅을 사랑하는 그의 숨결이 남아 있다 생각하면 포항의 모든 길에서도 그의 모습을 찾을 수 있을 듯합니다.

육당 최남선六堂 崔南善, 1890~1957은 호랑이를 우리 민족의 상징으로 형상화했습니다. 겨레의 사기가 땅에 떨어지고 패배주의에 젖어있던 때에 '호랑이 한반도' 지도를 고안해서 《소년》 창간호(1908)에 실었습니다. 그는 '진취적·팽창적 소년 한반도의 무한한 발전과 아울러 생왕生旺한 원기의 무량한 것을 남저지 업시 넣어 그렸다'고 의미를 부여했습니다. 일본의 지리학자 고토小藤가 한반도를 두 다리로 일어선 토끼 모양으로 그려놓고 중국 대륙을 향하여 뛰어가려는 형상으로 설명한 것을 완전히 뒤집은 것입니다. 한민족이 먹이사슬의 하층에 있는 토끼가 아니라 제일 꼭대기에 위치한 백수의 왕 호랑이라는 것입니다. 최남선은 '호랑이 한반도' 지도에 대해 '맹호가 발을 들고 허위적거리면서 동아 대륙을 향하야 나르난 듯 뛰난 듯 생기 있게 할퀴며 달려드는 모양'이라고 설명했습니다. 지도에서 보면 호랑이의 입은 만주벌판을 향해 벌어져 있고, 이 호랑이의 꼬리에 해당하는 부분이 지금의 호미곶입니다.

호미는 글자 그대로 호랑이 꼬리라는 뜻입니다. 해돋이가 아름다운 이곳을 조선십경 중 하나로 꼽기도 했습니다. 호미곶은 매년 세밑 무렵이면 포항에서 가장 분주해지는 곳입니다. 이곳에 조성된 해맞이 광장에서는 1999년 시범행사가 있은 후 매해 해맞이 축전을 진행하고 있습니다. 당시엔 새천년을 앞둔 시기라 포항 외에 동해안의 여러 지역에서도 해맞이 행사를 국가공식 행사로 지정받기 위해 경쟁이 치열했습니다. 2000년에는 경합을 펼친 여섯 군데에서 모두 해맞이 행사를 한 후, 2001년 이곳 '호미곶 한민족해맞이축전'이 공식적인 해맞이 축전으로 지정되어 개최되고 있습니다. 평소에도 포항의 유명한 관광명소로 각광받고 있는 곳이지만 이때만큼은 서울 종로 보신각의 타종 행사처럼 전국에서 온 사람들로 인산인해를 이룬 채 한 해의 소원과 건강을 빌며 다시 떠오르는 해를 맞이합니다.

차츰 나이가 든다는 것을 느끼는 지금, 제대로 나이 들기 위해 할 수 있는, 해야 되는 일들을 미루지 말고 해야겠다는 다짐을 합니다. 어느새 시간이 이렇게나 빨리 흘러가 버린다는 걸 알게 되었습니다. 누구나 아는 사실입니다만.

늦은 오후 새천년 광장 옆에 있는 카페 창가에 앉아 어둑해진 풍경을 바라보니, 왠지 한해가 지나면 자동적으로 숫자가 불어나게 되는 나이라는 게 무엇인지 생각하게 됩니다. 언젠가는 올 것이 오겠지요. 눈이 침침하고 흐릿해지기에 안경 도수가 잘 안 맞는다고 여길 것이고, 머리카락 사이로는 듬성듬성 흰 머리가 많아질 것입니다. 며칠 전에 읽은 책의 내용도 바로 기억하지 못할 것이고, 식구들이나 지인과의 약속도 잊어버리는 경우가 생길 수 있습니다. 만에 하나 치아까지 말썽이라면 어느 날 갑자기 자신이 늙었다는 사실에 서글픔을 느끼게 됩니다.

나이가 든다는 것은 이렇게 먼저 신체적인 변화에 이어 몸이 불편해지면서 오는 정서적 충격을 극복해야 한다는 것을 의미하는 것 같습니다. 여기서 극복의 대상은 타인도 세상도 아닌 자기 자신이겠지요. 자고로 역사 속 불로장생의 꿈을 꾸었던 숱한 왕이나 영웅들도 죽음을 피할 수는 없었습니다. 잘 사는 것보다 잘 죽는 게 고민이라는 주위 분들의 얘기가 그리 멀게 느껴지지 않는 것을 보니 저도 슬슬 나이가 들어가는 모양입니다.

하지만 대부분의 한국 중년남성은 이런 나이 듦을 인정하기보다는 부정하고 외면하는 것 같습니다. 그러다가 훌쩍 은퇴라는 시기에 다다르게 되면 일종의 패닉상태에 빠지게 됩니다. 노년을 준비한다는 것이 어색하고 생소했던 중년남성에게 은퇴란 꼭 삶의 종착점 같이 여겨지니까요. 그래서 누군가가 은퇴 이후의 삶을 준비하고 그것을 인정할 수 있는 현명함과 마음의 여유가 있다는 게 부럽고 동시에 참으로 용기 있는 선택이라고 느껴집니다.

환골탈태란 말이 있지만 그것을 쉽게 이루기는 힘듭니다. 젊어서 방탕하고 어리석게 살다가 나이가 들어 갑자기 멋있는 사람으로 변하기는 힘든 일입니다. 차츰 나이가 든다는 것을 느끼는 지금, 제대로 나이 들기 위해 할 수 있는, 해야 되는 일들을 미루지 말고 해야겠다는 다짐을 합니다. 어느새 시간이 이렇게나 빨리 흘러가 버린다는 걸 알게 되었습니다.

2장 _ 포항의 바다와 항구

개인적으로 해맞이 광장에서 제일 좋아하는 곳은 '호미곶 등대'입니다. 조선말에 세운 등대인데, 프랑스인이 설계하고 중국인 기술자가 시공을 맡아 고종 광무 7년(1903) 12월에 건립되었다고 합니다. 팔각형의 근대식 건축양식으로 높이 26.4m, 둘레는 밑부분이 24m, 윗부분이 17m, 광력 1,000촉, 광달거리는 약 30km로 전국 최대 규모의 등대이자 국내에서 가장 오래된 등대입니다. 내부는 6층으로 되어 있으며, 각층의 천장마다 조선 왕실을 상징하는 배꽃모양의 문장이 조각되어 있습니다.

이 등대의 건설 배경에는 슬픈 역사가 함께 합니다. 앞서 구룡포에 과거 일본인이 많이 살았다고 언급했습니다. 1901년 일본수산실업전문대학교 실습선이 대보 앞바다를 항해하다가 암초에 부딪쳐 몰살했는데 일본은 이 사건이 한국의 해안시설 미비로 발생하였으며, 해난사고 발생책임이 한국에 있다고 주장하여 손해배상을 요구했습니다. 어쩔 수 없이 조선 예산을 들여 일본에 등대시설 공사를 의뢰해 제작한 것이라고 합니다.

평소에는 문이 잠겨 있어 내부를 들여다볼 수 없는 게 아쉽지만, 안개가 자욱할 때 이 등대의 불빛을 바라보는 것은 참으로 운치가 있습니다. 호미곶 등대의 외관은 근대식 건축양식을 떠올리게 합니다. 건축양식과 함께 특이한 점은 이 건축물을 짓는데 철근을 사용하지 않고 벽돌로만 쌓았다는 점입니다. 이 사실이 알려지면서 건축 관계자들에게도 호기심과 감탄을 자아내는 등대라고 합니다. 1970년대부터는 포스코가 건립되어 영일만을 찾아오고 빠져나가는 선적선박들이 늘어나면서, 이들의 길을 밝혀준 유용한 등대가 되었습니다.

등대 옆에는 우리나라에서 하나밖에 없는 등대박물관이 자리하고 있어 등대에 관한 각종 기기 및 자료를 전시하고 있습니다. 우리나라의 등대 역사를 비롯해 관련된 자료를 체계적으로 볼 수 있는 곳이라는 점에서 의미가 있기는 하지만 등대기기와 당시 시대상에 대한 세부적인 설명이 부족하다는 인상이 드는 것도 사실입니다. 특히 어린이들이 찾아오는 경우가 많음에도 불구하고, 성인의 눈높이에서도 어려운 설명이 되어 있어 아쉽습니다. 딱딱한 박물관보다는 친근하고 재미있는 박물관이 되었으면 하는 아쉬움이 큰 곳입니다.

등대박물관 주변에는 세계의 다양한 등대들을 작은 모형으로 만들어 조성해 놓은 곳이 있습니다. 나이가 들었지만 이런 모형들을 보면 자연스레 시선이 끌립니다. 어린 시절, 박물관이나 전시장 같은 데를 가면 왠지 기분이 좋아졌던 생각이 떠오릅니다. 요즈음 같이 볼거리, 읽을거리가 많았던 시절이 아니라서 그랬는지는 몰라도 그때는 이런 박물관이라는 게 신기하고 재미나서 시간가는 줄 모르고 곳곳을 서성이던 시절이었습니다. 지금도 세계 곳곳에서 누군가의 뱃길을 밝혀주고 있을 등대의 모형들이 그 의미만으로도 가슴 벅차게 다가옵니다.

등대박물관에서 나와 뒤편 해안길을 따라 걷다보면 대보항이 나옵니다. 대보항은 구룡포항과 더불어 이 일대에서 어획량이 풍부하기로도 유명한 곳입니다. 이 작은 항구에는 제가 좋아하는 선생이 한 분 계십니다. 조만간 은퇴를 앞둔 선생은 시내의 집을 놔두고 이곳 작은 어촌 마을에 아담한 작업실을 마련하셨습니다. 작업실에 달린 작은 텃밭에 채소와 꽃들을 심고 이것을 정성스럽게 돌보고 글을 쓰시는 게 요즈음 선생의 큰 행복이라고 합니다. 학교에서 학생들을 가르치는 것 말고도 동화작가로도 유명하신 '김일광' 선생이십니다.

그간 선생으로부터 포항 곳곳에 얽힌 유래나 옛이야기 등을 종종 듣곤 했습니다. 그 이야기들 중에는 이미 알고 있었던 이야기도 있지만 웬일인지 선생이 들려주시면 더 재미있고 때론 코끝이 찡한 슬픔까지도 느껴집니다. 아마 이야기를 들려주시는 선생의 마음이 이야기에 담겨져 그런 것 같습니다.

사실 저도 여러 매체나 지면을 통해 칼럼을 게재하면서 글을 쓰는데 그리 어려움을 느끼지는 않습니다. 그런데 이렇게 책을 출간하기 위해 글을 쓰다 보니 처음에는 글을 잘 써야지 싶었는데 쓰다 보니 좋은 글은 어떻게 써야 하는지, 무엇을 담아야 하는지에 대해 고민이 커졌습니다. 사람들이 읽었을 때 진정성을 느낄 수 있어야 이 책의 부족함에 대해 제 자신의 부끄러움을 덜 수 있는 유일한 길이라는 생각이 듭니다. 그 진정성은 제가 이 책을 통해 이야기하고자 하는 내용에 대한 진정성이자 제 인생에 대한 진정성입니다.

저는 요즈음 선생의 이야기를 통해 모든 것을 두고 소박한 삶으로 돌아가 그 속에서 발견하는 세월의 진정성을 배웁니다.

장기읍성

절경 속에 숨겨진
유배지의 아픔

"에라 만수 에라 대신 대활령으로 설설이 내리소서

에라 만수 에라 대신이여 놀고 놀고 놀아 봅시다 아니 노지는 못허리라

낙양성 십리허에 높고 낮은 저 무덤에 영웅호걸이 몇몇이며

절대가인이 그 뉘기며 운하춘풍은 미백년 소년행락이

편시춘 아니 놀고 무엇하리

한송정 솔을 베어 조그맣게 배를 무어 만만고 띄워 놓고

술이며 안주 많이 실어 슬렁슬 배 띄어라 강릉 경포대로 가자

에라 만수 에라 대신 대활령으로 설설이 내리소서."

시원한 가락이 일품인 경상도 민요 '성주풀이'입니다. 절경인 장기읍성에서 이 노랫가락이 절로 떠오릅니다. 포항의 오래된 마을인 흥해, 연일, 청하와 함께 유구한 역사와 전통이 깃든 장기는 남쪽으로는 경주시 감포읍과 경계를 하고 있습니다. 예부터 바다와 육지를 연결하는 교통의 요충지로서의 역할을 해 온 터라 신라 때부터 중요한 군사기지로 자리했다고 합니다.

이곳에 우리나라에서는 유일하게 성문이 세 개가 있는 읍성으로 국가사적 제386호로 지정되어 있는 장기읍성이 있습니다. 읍성 내에는 일출 및 양광을 즐기던 배일대拜日臺가 있었다고 하는데 1990년에 그 표석이 발견되어 이곳이 오래전부터 수려한 경관을 자랑하던 곳이라는 사실을 뒷받침해주고 있습니다.

저 역시 장기읍성에서 바라보는 동해바다의 풍경이 절경이라는 데 공감합니다.

아름다운 바다가 내다보이는 장기읍성의 마을 풍경은 정갈한 느낌마저 들게 합니다. 하지만 이렇게 고요한 바다를 건너온 왜구의 침략으로 이곳 주민들은 많은 고통에 시달렸습니다. 그래서 먼 바다에서 몰려오는 왜구의 침입을 미리 감지하기 위해 바다가 탁 트인 언덕 위에 성을 쌓고 지낼 수밖에 없었던 것입니다.

최근 장기읍성의 성벽을 복구해 '감사둘레길'을 만들었습니다. 우스갯소리지만 자연 경관이 뛰어난 성벽을 남겨준 조상의 덕을 '감사'하면서 이 길을 걸어가야 한다는 의미일까요? 뛰어난 자연경관에 대한 소중함도 좋지만 이 성벽이 여기 이곳에 있게 된 의미와 가치를 더욱 돋보이게 하는 노력이 무엇인지 생각할 필요가 있는 것 같습니다.

아름다운 바다가 내다보이는 장기읍성의 마을 풍경은 정결한 느낌마저 들게 합니다. 하지만 이렇게 고요할 것 같은 바다를 건너온 왜구의 침략으로 이곳 주민들은 많은 고통에 시달렸습니다.

최근 장기읍성의 성벽을 복구해 '감사둘레길'을 만들어졌습니다.

이곳에는 장기읍성 외에도 뇌성산성, 척화비 등 많은 문화유적들이 남아있습니다. 특히 포항의 4대 향교 중 하나인 장기향교는 뛰어난 인물들을 많이 배출했다고 합니다. 조선시대의 교육기관은 유학사상 위에서 건국된 조선왕조의 교육이념에 따라 중앙에는 성균관을, 지역에는 향교를 중심으로 운영되었습니다. 통치이념인 유교를 향교를 통해 지역마다 뿌리내릴 수 있게 했고, 과거제와 연계해 유학 교육을 강화하고자 했습니다. 그러다 조선조 말인 1894년에 과거제도가 폐지되면서 향교는 이름만 남아 오늘에 이르게 됩니다.

그런데 최근에는 이런 향교에서 유학의 가르침과 의미를 되살려 현대적인 교육 프로그램으로 재탄생시키려는 움직임이 있습니다. 유학에서 말하는 '인의예지신仁義禮智信'은 인간이 지켜야 할 다섯 가지 덕목으로 유교 윤리의 근본인 오륜의 가르침을 뒷받침하는 것입니다. 이를 현대적 삶에 접목시킬 수 있는 가르침으로 전환해 조상들의 예지를 사적지나 기념비로만 느끼는 게 아닌 좀 더 구체적인 삶의 방식으로 실천할 수 있는 기반을 만드는 작업이라는 것에 흥미가 생깁니다. 실제로 어렸을 때부터 저는 옛 선비들처럼 먹을 갈아 붓글씨와 난을 치며 살고 싶다는 생각을 종종 했습니다. 풍류를 알고 여유를 안다는 게 지금 세상에서는 좀처럼 실현하기 어려운 꿈일지라도 조상의 정신을 현대적으로 계승해 실천해 나간다면 그것 또한 큰 의미가 있는 일일 것입니다.

이렇게 문화적 전통과 유산이 많아 선비의 고장으로도 알려진 장기는 더욱이 우리나라 유배문학의 꽃을 피운 곳으로도 유명합니다. 조선왕조 때의 대표적인 유배지 중 하나였던 장기는 『조선왕조실록』에 나타난 바로는 62명이 이곳으로 유배를 오게 되었다고 기록되어 있지만, 지역 사학자들의 조사에 따르면 무려 105명에 이르는 것으로 밝혀졌다는 기사를 읽은 적이 있습니다. 그렇게 많은 이들이 중앙의 정치무대에서 퇴출되어 멀리 떨어진 이곳 장기로 유배를 왔을 때 그들은 어떤 마음으로 이 땅을 밟게 되었을까요? 유배라는 것이 사회와 분리되어 처절하게 혼자만의 시간 속에 처해지는 형벌이라는 점이 참으로 독특합니다. 조선시대 사대부들에게 정치란 자신의 삶과 철학이 연결된 것이었습니다. 그런 상황에서 선비의 삶과 철학을 부정당하는 유배란 개인의 몰락과 다름없는 상황이겠지요. 그런 몰락을 견디지 못해 유배지에서 스스로 생을 마감하는 이들도 상당했지만 오늘날까지 회자되고 있는 유학자들은 이 유배지에서 스스로의 고독을 이겨내며 정신과 학문을 일구어냈습니다.

장기향교. 요즈음 유학의 가르침과 의미를 되살려 현대적인 교육 프로그램과 접목시켜 향교를 재탄생시키려는 움직임이 있다고 합니다.

　장기에서는 조선시대 석학인 우암 송시열尤庵 宋時烈 1607~1689, 다산 정약용茶山 丁若鏞, 1762~1836 선생 등이 유배생활을 한 자취를 확인할 수 있습니다. 장기에 향교와 서원이 특히 많은 것은 이렇게 유배생활을 하면서 선비들이 학문을 전파한 영향도 크다고 합니다. 조선조 숙종 원년인 1675년 5월에 이곳에 유배를 온 우암 선생은 당시 69세로 위리안치圍籬安置되어 4년 동안 유배생활을 하셨습니다. 선생은 서당을 세워 제자들을 가르쳤다고 합니다. 지금의 장기초등학교는 우암의 유배지로 추정되는 장소로 이곳에는 우암이 직접 심었다는 은행나무도 한 그루 서 있습니다. 여기에는 선생의 사적비와 다산 정약용 선생의 사적비가 함께 나란히 서있습니다. 우암은 장기에서 『주자대천차이朱子大全箚疑』와 『이정서분류二程書分類』 등의 명저를 저술했고 『취성도聚星圖』를 완성했으며, 많은 양의 시문도 창작했다고 합니다.

　정약용 선생은 세 번의 유배길을 떠나게 되는 데, 첫 번째 유배는 일주일이 채

못 되어 끝났기에 유배라고 할 수는 없을 것입니다. 이후 강진에서 17년이라는 아주 긴 유배생활을 했지만, 이곳 장기에서 마지막 유배생활을 하면서 유난히 많은 시선집을 남겼습니다. 정조의 총애를 받은 다산은 정조가 죽자마자 벌어진 신유박해로 인해 순조 원년인 1801년 장기에 도착해 장기읍성 동문 밖에 있는 성선봉의 집에서 유배생활을 했다고 알려져 있습니다. 성선봉의 집 역시 장기초등학교 근처로 추정됩니다.

노론의 영수이자 유배지에서도 막강한 권력이 유지되었던 우암에 비해 다산은 역적의 신분으로 엄격한 감시와 외부와의 철저한 차단 속에 귀양살이를 하게 되었습니다. 더군다나 혹독한 고문으로 인해 장기에 도착했을 때 허리도 펼 수 없을 정도로 병세가 깊었습니다. 하지만 이내 정신을 집중해 전문서적의 저술에 몰두하게 됩니다. 보통사람으로서는 상상하기 힘든 상황이었을 테지만 그의 정신은 무서울 정도로 견고했습니다.

다산은 장기고을 백성들의 생활상과 고을 관리들의 목민행태를 글로써 남깁니다. 『장기농가십장長鬐農歌十章』과 농어민을 위한 의서 『촌병혹치村病或治』, 『장기의 귀양살이에서 본 풍속』 27수, 『아가사兒哥詞』, 『해랑행海狼行』, 『오적어행烏賊魚行』, 『타맥행打麥行』 등 130여 수의 시를 남겼습니다. 지금은 유실되어 전해지지 않고 있는 한자 자전류인 『이아술爾雅述』, 남인의 예론에 관한 시비를 논한 『기해방례변己亥邦禮辨』 등의 서책도 저술하셨다고 합니다.

다산이 장기에 머문 기간이 220여일 밖에 되지 않는다고 하지만 그의 흔적을 남겨진 저술에서 제대로 느낄 수 있는 것은 그만큼 그가 철저하게 외부와의 접촉이 차단된 상황이었다는 것을 짐작하게 합니다. 특히 그의 시에는 이런 귀양살이의 쓸쓸함과 두고 온 가족들에 대한 그리움들로 넘쳐납니다.

하지만 이곳에서 다산의 지혜를 알 수 있는 일화가 하나 있습니다. 장기에 사는 주민들은 농업과 어업을 동시에 하면서 살았는데 다산이 이들의 비능률적인 작업방식을 보고 성선봉을 통해 개선책을 알려줬다고 합니다. 평소 농기구 제조와 개량에도 관심이 많았던 다산이었기에 가능했습니다. 칡으로 그물을 만들어 고기를 잡는 어민들에게 무명실로 그물을 짜면 그물이 훨씬 견고하고 촘촘해져 고기를 제대로 잡을 수 있을 것이라는 알려준 것인데, 이것이 마을사람들에게 소문이 나서 관아의 현감에게까지 알려지게 되었습니다. 그러자 현감은 백성들이 입을 옷감도 모자라는 데 어떻게 어망을 무명실로 짜느냐며 호통을 쳤다고 하는데, 훗날 이곳에 일본의 어선들이 내왕하면서 그들의 어망이 무명실로 만들어진 것을 본 마을사람들이 다산의 지혜에 감탄했다고 합니다. 물론 다산의 위대한 족적을 이곳 장기에만 연결시켜 특별하다 할 수는 없겠지만, 다산은 백성을 지극히 사랑한 목민관이자 냉철한 현실개혁가인 동시에 사상가이자 문장가였습니다. 또한 인자한 아버지이자 우애 깊은 형제였습니다.

다산이 장기에 머문 기간이 220여일 밖에 되지 않는다고 하지만 그의 흔적을 주로 남겨진 저술에서만 느낄 수밖에 없는 것은 그만큼 그가 철저하게 외부와의 접촉이 차단된 상황이었다는 것을 짐작하게 합니다.

우암이나 다산이나 이곳을 온 유배객들은 모두 이곳 장기읍성에서 펼쳐진 동해바다를 봤을 것입니다. 유배라는 시련과 고통의 시간을 견디고 이들이 이룩한 정신적 산물도 중요하지만, 한 인간으로서 견뎌낸 고뇌의 시간은 위대한 인간에 이르는 길이었다고 봅니다. 사람은 누구나 인생에서 시련을 맞을 것이고 인생의 브레이크를 생각하게 됩니다. 누구나 자신의 인생에는 브레이크나 후진 페달을 밟게 되는 순간은 오지 않기를 바라지만 과연 그러지 않고서야 인생의 안전운전이 가능할지 잘 모르겠습니다. 실패와 도전이 생의 양 축으로 세워진 이상 그 사이의 굴곡을 피하기는 어렵지요. 우암이나 다산처럼 차라리 브레이크와 후진 페달을 밟아도 괜찮다는 생각을 하면서 사는 것도 삶의 고난을 이겨낼 수 있는 하나의 방법이라고 생각합니다.

영일만

"내 밥 묵고
어링이불 바람
쐬지 마라"

포항의 바다는 포항이라는 도시의 정체성을 형성하는 데 가장 결정적인 요소로 작용합니다. 포항시의 전체 면적 중에 내륙 산간 지역도 상당하지만 포항제철, 즉 포스코에 의해 포항시는 바다에 인접한 거대한 철강 산업 도시라는 이미지를 얻게 됩니다.

이는 포항의 영일만이 일관제철소를 짓기에 적합한 부지와 항만, 공업용수 등이 갖추어진 곳이었기에 가능했습니다. 특히 제철 원자재를 외국에서 수입해야하는데 이때 선박이 자유롭게 드나들 수 있는 항만의 조건이 매우 중요했습니다. 거기에 영일만으로 유입되는 형산강 일대는 넓고 기름진 충적평야가 있어 대규모 공업단지 조성과 공업용수 공급이 원활했습니다. 당시 제철소 부지선정에 대한 정치권의 압력과 경쟁이 치열했지만 결과적으로 오늘날까지도 제철소 입지선정은 비정치적이며 합리적인 선택이었다고 볼 수 있습니다.

그런데 포항에는 오래전부터 여기 영일만의 모래사장에 대한 시 한 편이 내려오고 있습니다. 조선시대의 유명한 풍수지리학자로 알려진 이성지라는 사람이 현재 포스코가 위치한 송정동 일대의 영일만 백사장을 둘러보고 심상치 않은 기운을 느껴 훗날 많은 사람들이 이곳에 몰려 살 것이라며 일종의 예언시를 남겼다고 합니다.

竹生漁龍沙 죽생어룡사 　어링불에 대나무가 나면

可活萬人地 가활만인지 　수만 사람이 살 만한 땅이 된다

西器東天來 서기동천래 　서양문물이 동쪽나라로 올 때

回望無少場 회망무소장 　돌아보니 모래밭이 없어졌구나

옛적부터 이곳 영일만 일대가 동해바다로 길게 돌출한 형국이 마치 용이 하늘로 등천하는 모양과 같다 해서 용미등龍尾嶝이라고도 하고 또 포항시 흥해읍 용덕리에 있는 용덕갑龍德岬이 동남쪽으로 동해 바다에 돌출하고 있어 마치 어룡상투魚龍相投의 형국이라 하여 영일만 중심지대인 이곳을 어룡사라고 부르게 되었다는 얘기도 있습니다만 위의 시에서 언급된 '어룡사'는 바로 송정동 백사장을 이르는 말이라는 것이 정설입니다.

포스코 건설 당시의 모습. 포항 사람이라면 이 시에 등장하는 어룡사가 포스코가 들어선 송정동 일대로 생각하며 대나무를 포스코의 굴뚝에 비유하고 당연히 서양문물은 제철소로 풀이해 이 시에 의미를 담기도 합니다.

옛날부터 이곳은 사막지대로 풀 한포기 없는 황무지였다고 합니다. 북풍이 세차게 불면 날아오는 모래에 눈을 뜰 수 없고, 역시 동지섣달의 계절풍(하늬바람)이 불면 눈을 뜰 수가 없어 밭을 돌보기가 힘들어 오랫동안 사람이 살기 힘든 곳이었습니다. 어룡사의 바람이 얼마나 세차게 불었던지 이곳에서는 '내 밥 묵고 어링이불 바람 쐬지 말라'는 속담도 있을 정도입니다.

그런데 포항에서는 바다와 백사장을 일컬어 '불'이라고 부르는데, 이는 '벌'과 같은 말입니다. '어룡사불'이 '어룡불', 이것이 다시 간이화되어 '어링불'로 현재까지 이어져오고 있습니다. 그래서 포항 사람이라면 이 시에 등장하는 어룡사가 포스코가 들어선 송정동 일대로 생각하며 대나무를 포스코의 굴뚝에 비유하고 당연히 서양문물은 제철소로 풀이해 이 시에 의미를 담기도 합니다.

'연오랑과 세오녀'를 역사적 고증을 통해 다루는 데는 한계가 있습니다. 하지만 오늘날의 포항이 지닌 도시 이미지에 이렇게 부합되는 이야기도 드문 것 같습니다. 특히 포스코로 인한 철강도시라는 도시 브랜드와도 연결될 수 있는 '제철'에 대한 모티브를 이 이야기에서 끄집어낼 수 있습니다.

일월지와 일월지가 있는 오천읍 해병대 앞의 모습

2장 _ 포항의 바다와 항구

　사실 포항에는 오래전부터 영일만에 얽힌 다양한 이야기가 이어지고 있습니다. 영일만迎日灣이라는 의미 자체가 '해를 맞이하는 고장'이며 포항문화의 원류라고 할 수 있는 '연오랑과 세오녀'의 배경도 모두 이곳 영일만에서 비롯됩니다.

　한국 고대사를 이해하는데 있어 귀중한 책으로 알려진 일연 스님의 『삼국유사』(1285)는 모두 5권 3책으로 구성되어 신라, 고구려, 백제의 역사 외에도 단군의 사적, 신화, 전설, 설화, 향가 등이 수록되어 있습니다. 제1권 기이편에 연오랑과 세오녀의 이야기가 수록되어 있는데, 내용인즉슨 다음과 같습니다.

　"신라 제8대 아달라왕 4년(157) 동해 바닷가에는 연오랑 세오녀 내외가 살고 있었다. 어느 날 연오랑이 바닷가에서 해초를 따고 있는데 갑자기 바위 하나가 나타나 연오랑을 태우고 일본으로 갔다. 바닷가로 남편을 찾으러 나선 세오녀 또한 바위를 타고 일본으로 가게 되고 그곳 사람들은 그들 내외를 왕과 왕비로 받들었다. 이때부터 신라에는 해와 달의 광채가 사라졌다. 놀란 임금이 그 까닭을 묻자 신하가 '해와 달의 정기인 연오랑과 세오녀가 일본에 가버린 탓'이라 대답했다.

　임금은 부랴부랴 일본에 사절단을 보내 연오랑과 세오녀 내외가 신라로 돌아오도록 청했으나 그들은 오지 않았다. 다만 연오랑은 '세오녀가 짠 고운 비단을 줄 테니 이를 신라에 가져가서 제사를 지내면 해와 달의 빛이 되돌아올 것이다'라고 했다. 사신들이 비단을 가지고 신라로 돌아와 연오랑의 말대로 제사를 지내니 해와 달이 예전처럼 빛나게 되었다. 그 비단을 임금의 창고에 간수하고, 제사 지낸 고장을 영일현迎日縣 또는 도기야都祈野라 불렀다."

『무쇠를 가진 자, 권력을 잡다』(이영희, p.25~26, 현암사)

다분히 설화적인 상징체계를 가지고 있는 이 이야기에서 등장하는 용어들은 해와 달을 숭배하는 일월사상이 깃들어진 이 지역의 유래와도 맞닿아 있습니다. '도기야'는 지금까지도 남아있는 남구 동해면 '도구리'의 옛 지명이기도 하며, 실제 오천읍에는 연오랑과 세오녀의 이야기를 뒷받침해주는 일월지가 해병1사단 부대 안에 있습니다.

일월지는 옛날 상고시대에 신라시대로부터 '해달못'이라고 부르던 것을 한자식으로 부르게 되어 '일월지'라 부르고 또 하늘에 제사를 지내던 못이라 하여 '천제지' 또는 해와 달의 빛이 다시 돌아왔다고 '광복지'라 불리기도 했다고 합니다. 부대 안에 있어 일월지를 보려면 미리 예약을 한 다음 방문해야하는 번거로움이 있지만 포항에서는 중요한 의미가 있는 곳입니다. 원래 이 못은 하나였다는 설이 있지만 지금은 '일지'라 불리는 큰 못과 작은 못인 '월지'로 나뉘어져 있습니다. 그런데 1970년 연못가에 세워진 '일월지 연혁'이라는 비석의 내용을 보면, '예부터 이 자리에는 일월사당이 있어 해와 달에게 제사를 지냈는데 일제 강점기 때 일본인들이 헐어버렸고 해방 후 미군이 이 일대를 기지로 삼으면서 연못의 1천 평 가량을 메워 버렸다'고 하니 이곳의 원래 모습이 얼마나 훼손되었는지를 가늠할 수 있습니다.

제계도 연오랑과 세오녀는 각별한 애정이 깃든 이야기입니다. 이 이야기를 가지고 2012년 창극 〈불의 여인 세오녀〉로 제작해 포항문화예술회관 대극장에서 공연을 한 바 있습니다. 당시 (사)전국문화예술회관연합회가 주관하는 '2012년 지방문예회관 특별프로그램 지원사업 공모'에 선정되어 문화관광부 지원금을 받아 이 작품을 만들 수가 있었습니다. 저는 이 이야기의 배경을 모계사회로 상정하고, 제철의 비법을 알고 있는 신라의 한 부족의 우두머리로 세오녀를 그렸습니다. 적극적이며 주도적인 여성상을 그리고 싶었다는 게 작품의 주제인 부분도 있었습니다.

사실 '연오랑과 세오녀'를 역사적 고증을 통해 다루는 데는 한계가 있습니다. 아직까지 세오녀와 연오랑이 누구인지, 실제 고대사에 어떤 일이 일어났는지에 대한 학계의 의견이 나뉘는 부분이 있는 것도 같습니다. 하지만 오늘날의 포항이 지닌 도시 이미지에 이렇게 부합되는 이야기도 드문 것 같습니다. 특히 포스코로 인한 철강도시라는 도시 브랜드와도 연결될 수 있는 '제철'에 대한 모티브를 이 이야기에서 끄집어낼 수 있기 때문입니다.

현재까지도 포항의 도시 브랜드에 대한 논의는 계속되고 있습니다. 일월사상을 통한 '빛'의 이미지이든, 옛날부터 철을 다루는 고장이었기에 '쇠'의 이미지가 강화될 수도 있겠습니다. 아니면 제철과정에서 나오는 쇠와 빛, 이 두 가지 요소가 모두 해당될 수도 있겠고 아니면 또 다른 도시 브랜드가 생겨날 수도 있다고 봅니다. 확실한 건 포항의 도시 브랜드는 오늘의 포항 사람들이 내일을 어떻게

제계도 연오랑과 세오녀는 각별한 애정이 깃든 이야기입니다. 이 이야기를 가지고 2012년 창극 〈불의 여인 세오녀〉로 제작해 포항문화예술회관 대극장에서 공연을 한 바 있습니다.

준비하느냐에 따라 그 모습이 달라진다는 것입니다.

영일만이 보인다면 그 어떤 바닷가라도 이곳이 참 아름답다고 느낄 것입니다. 호미곶도 좋고 하선대나 도구해수욕장, 송도해변과 영일대해수욕장, 영일만항에 이르는 해안도로를 드라이브해서 보거나 둘레길을 따라 걸으면서 봐도 좋습니다. 제게는 영일만의 바다가 이렇게 존재하는 한 포항이라는 도시의 거듭남이 가능하다고 생각합니다. 저 멀리 거대한 포스코 산업단지가 이곳 영일만의 해안을 훼손했다고 하는 사람도 있지만 포스코조차 이미 포항의 일부라고 생각하기에 이를 부정하고 극복해야 할 대상으로 치부하지는 않습니다. 오히려 지금의 모습을 바탕으로 새로운 도시 브랜드를 창출해야 한다고 봅니다. 영일만을 통해 포항은 거듭날 수 있다고 저는 믿고 있습니다.

포 항 의
근 교

내연산

금강산보다
아름답구나!

　　포항에 살면서도 이곳의 산을 자주 찾지 않게 되는 건 무슨 이유일까요? 사실 어렸을 적에는 형과 아버지와 함께 등산과 캠핑을 여러 차례 다녔지만 나이가 들면서 등산을 위해 시간을 내는 게 점점 어렵습니다. 할 일이 많아서인지 여유가 없어서인지 또는 게을러서인지 한 번 곰곰이 생각해 보았습니다. '지혜로운 사람은 사리에 통달하여 물과 같이 막힘이 없고, 어진 사람은 의리에 밝고 신중하여 변하지 않아 산을 좋아한다知者樂水 仁者樂山'는 공자님 말씀에 귀 기울여 보며 제 자신이 물처럼 동적인 성향인지 산처럼 정적인 성향인지도 곰곰이 생각해봅니다.

　　포항이라는 곳을 방문하면 이곳이 바다뿐 아니라 산과 계곡, 들판과 하천의 경치가 매우 아름답다는 것을 알게 됩니다. 포항은 형산강 하구를 중심으로 급속한 도시화와 산업화가 이루어졌습니다. 역설적으로 형산강 하구에 집중되었던 도시화 덕분에 도시의 팽창 속도에 비해 도심 외 지역의 개발은 미미합니다. 도심에서 조금만 벗어나면 자연 그대로 아름다운 산과 하천들이 우리들의 휴식과 여가를 위해 손짓하고 있습니다. 앞으로 무분별한 개발의 폐해를 답습하지 않는다면 이렇게 잘 보전된 자연은 무엇과도 바꿀 수 없는 훌륭한 자산이 되겠지요. 경북 8경에 속하는 포항의 명산인 내연산과 청하계곡의 12폭포, 그리고 고찰인 보경사도 그 중 하나입니다.

　　일찍이 청하 현감으로 부임했던 겸재 정선이 금강산보다 아름답다 했던 내연산(710m)은 해발고도만 따지면 그리 높은 산은 아닙니다. 향로봉(930m)이 삼지봉(710m) 보다 더 높지만 주봉을 삼지봉으로 해서 내연산의 높이가 정해진 것 같습니다. 해안가에 위치하다보니 내륙의 산보다 훨씬 높고 우뚝해 보이는 것이 내연산의 특징입니다. 내연산은 잘 알려져있지 않은 듯 하지만 사실 한국의 100대 명산 중에서도 그 선호도가 상위권에 드는 이름난 산입니다. 다녀간 분들은 하나같이 국립공원급 군립공원이라고들 합니다. 보경사 입구부터 포근한 흙길로 이어지는 삼지봉은 바위 하나 볼 수 없는 육산이며 주능선은 완만한 참나무 숲을 이루고 있습니다. 보통 보경사에서 시작해 삼지봉에서 향로봉을 갔다가 지금은 없어진 화전민촌인 시명리를 거쳐 다시 보경사로 돌아오는데 보통 천천히 걸어 7~8시간 정도 걸립니다. 능선으로 올랐다가 계곡으로 내려오면서 거꾸로 12번째 폭포인 시명폭포부터 시작해서 12폭포를 거치는 산행길입니다.

굳이 정상을 오르지 않더라도 기암절벽으로 이루어진 청하골로 이어지는 12폭포에 이르는 길만 걸어도 좋습니다. 보경사 입구에서 약 1시간 남짓한 오솔길을 걸어가는 동안 제1폭포인 상생폭에서 7폭포인 연산폭까지 수려한 경관을 자랑하는 12폭포의 일부를 만나볼 수 있습니다. 이 구간은 목제데크와 교량 시설이 잘 갖춰져 있어 일반인들 모두 편안하게 걸을 수 있는 구간입니다. 특히 청하골 12폭포는 쏟아지는 물줄기로 인해 나름 시원한 여름철 계곡 트레킹을 할 수 있어 이 시기에는 방문객들이 많습니다. 더군다나 근처에 월포해수욕장이나 화진해수욕장 등이 있어 산과 계곡, 바다를 동시에 즐길 수 있는 여름 산행지로서의 장점을 두루 갖춘 곳입니다.

산행을 한다는 것은 아찔한 속도감으로 질주하는 이 시대를 느림의 방식
으로 횡단하는 것과 비슷하다고 봅니다. 결과에 집착하지 않고 과정이나
등산윤리에 관해 고민하면서 자연 그 자체를 오롯이 만나기 위해 산에 오
르는 것이 더 가치 있다고 생각합니다.

한편 산행이라는 것이 개인별 편차가 큽니다. 보통 등산로의 안내판에 쓰여
있는 산행시간은 평균적인 소요시간이라 생각할 수 있지만 꼭 그 시간을 지켜야
할 필요는 없습니다. 오히려 느긋하게 편안히 산에 오르며 매순간의 감정에 충실

하면 더 좋을 것 같습니다. 간혹 등산로에서 만난 사람들 중에는 거의 뛰다시피 하는 걸음으로 산에 오르는 것을 보게 되는 경우가 있는데, 사실 그렇게 빨리 산에 오르는 게 어떤 의미인지 모르겠습니다. 만약 제가 그렇게 빨리 산에 오르게 되면 주위 풍경은 하나도 기억하지 못할 것 같습니다. 겨우 도심에서 벗어나 자연을 만나게 되는 이곳에서도 쫓기듯 산행하는 사람들을 보면 좀 이해가 되지 않는 부분도 있습니다.

제국주의 시대의 등산은 누가 최초로 어떤 산의 정상에 올라가 먼저 깃발을 꽂느냐를 중요시했습니다. 무기를 들고 있지는 않았지만 국가별 자존심을 놓고 벌이는 또 다른 전쟁을 치른 셈이었습니다. 하지만 산은 단지 정상에 오르기 위해 존재하는 건 아니라고 봅니다. 등산을 '무상의 행위'라고 합니다. 저는 정상에 오르고 못 오르느냐의 결과론보다 오르는 과정에서 느끼는 즐거움이나 어려운 점 등에 더 큰 의미를 두고 싶습니다. 모든 것이 결과만 살피게 되는 요즈음 결과도 중요하지 않고 경쟁도 없는 즐겁고 여유로운 산행을 한번 해보는 것도 좋겠습니다.

나라마다 산을 대하는 태도는 조금씩 다르지만 보편적으로 산은 성스러운 기운이 깃든 곳이라고 여깁니다. 우리나라에서도 영산이라고 불리는 곳들은 모두 다 하늘에 제를 올리던 곳이었습니다. 그런 경건함으로만 산을 대할 필요는 없겠지만 실제적인 이유에서라도 산에 드는 것을 조심스럽게 대하는 자세는 필요하다고 봅니다. 훼손되고 파괴되지 않는 자연으로서 산의 건강함이 많이 사라졌다는 생각이 들면 지금 내가 오르고 있는 이 산이 '최후의 자연'이나 마찬가지라는 서글픈 생각이 들기 때문입니다.

최근 우리나라의 등산 인구는 1천8백만 명이나 된다고 합니다. 전체 인구가 5천만 명이라 놓고 보더라도 엄청난 비중입니다. 꽃 피는 봄이나 여름 휴가철이나 가을 단풍구경 시즌을 가리지 않고 주말마다 보경사 입구가 등산객들로 가득 붐비는 게 어느 정도 납득이 갑니다. 이런 분위기 탓인지 어느 날부터 '아웃도어'라는 용어를 자주 접하게 됩니다. 포항의 중앙상가 실개천의 육거리 부근도 아웃도어 매장이 많아 '아웃도어 거리'라고 부른다고 합니다. 그리고 백화점에 입점한 유명 아웃도어의 브랜드 세일광고가 뉴스에까지 나오는 것을 보면 우리나라의 아웃도어 열풍이 대단하다고 느낍니다.

제 주변에도 전문산악인은 아니지만 '아웃도어의 마니아'인 분들은 더러 있습니다. 그런데 이분들과 산행을 하다보면 어느 순간 화제가 등산의류나 장비 얘기로 가 있는 때가 더러 있습니다. 저 역시 등산복을 사러 갈 때면 어느 때부터인가 가격표를 의식하지 않을 수가 없습니다. 고가의 의류와 장비가 부담이 될 수밖에 없기 때문입니다.

'목수가 연장 탓을 하겠냐' 싶지만 사람인지라 왠지 고가의 의류와 장비가 뭐가 달라도 다르고 더 좋을 것 같다는 생각이 듭니다. 사실 아웃도어의 세계에 입문하기 위해서는 패션 감각이나 유행에 민감해야 한다는 이야기가 있다는 것도 최근에 알았습니다. 하지만 이런 고가의 의류와 장비로부터 왠지 제 스스로가 구속을 받는 것 같습니다. 이런 욕망으로부터 완전히 벗어날 수 있을지는 의문이지만, 한편으로는 이런 욕망에 대항해 제 소신을 가지고 산을 좀 소박하게 가고 싶다는 생각이 듭니다.

사실 산행을 한다는 것은 아찔한 속도감으로 질주하는 이 시대를 느림의 방식으로 횡단하는 것과 비슷하다고 봅니다. 결과에 집착하지 않고 과정이나 등산윤리에 관해 고민하면서 자연 그 자체를 오롯이 만나기 위해 산에 오르는 것이 더 가치있다고 생각합니다. 그래서 앞으로만 달려 나가는데 급급한 이들과는 달리, 보지 못하는 것을 천천히 깊이 들여다보기 위한 이들의 행보에는 자연히 시간차가 발생할 수밖에 없다는 것도 압니다. 물론 앞서 가는 사람과 그 간격과 차이를 인정한다는 것은 외로운 일일수도 있습니다.

그래서 산행이라는 그 자체는 하나의 인생에 비유되지 않을까 싶습니다. 입구에서부터 가파른 계곡을 헤치고 올라가 능선에 오르기까지, 능선에서 내다보이는 산줄기를 둘러보며 다시 여러 산봉우리를 오르내리면서 사방을 자유롭게 둘러보고는 이내 하산을 위해 천천히 음미하며 걸어가는 여정은 인생의 그것과 닮았습니다.

이번 주말에는 오래간만에 내연산에 올라가 봐야겠습니다. 산을 오르다 다시 또 다른 산봉우리에 다다르기 위해 적절한 숨고르기와 체력을 비축하는 시간, 여기에 산에 오르면서 알게 된 노하우까지 더해진다면 제 인생의 여정도 충분히 음미할 수 있을 것 같습니다.

　　청하골의 깊고 수려한 계곡 초입에 위치한 보경사寶鏡寺는 원진국사사리탑(보물 제430호)과 원진국사비(보물 제252호) 등이 보존되어 있는 고찰입니다. 신라 진평왕 25년(602)에 진나라에서 유학하고 온 대덕 지명법사가 왕께 아뢰기를 '동해안의 명산에서 명당을 찾아 팔면보경을 묻고, 그 위에 불당을 세우면 왜구의 침략을 막고 장차 삼국을 통일하리라' 했답니다. 이에 왕이 기뻐하며 포항을 거쳐 해안을 타고 올라가며 명산을 찾았는데 이때 오색구름으로 덮인 산을 발견하고 찾아간 곳이 바로 내연산이라고 합니다. 그래서 이 내연산에 법사가 중국에서 가지고 온 불경과 팔면보경을 연못을 메우면서 묻고 그 자리에 절을 세우게 되어 보경사라고 부르게 되었다고 합니다.

오랜 세월의 흔적을 느낄 수 있는 고찰답게 보경사 주변으로는 노거수가 많습니다. 보경사 근처의 곧게 뻗은 소나무 숲 사이를 걸으면 여름 불볕더위도 충분히 비켜갈 수 있을 정도입니다. 절집의 한적함이 느껴지는 보경사에 오면 왠지 마음 또한 정갈해지는 느낌이 듭니다. 사찰뿐 아니라 유럽의 오래된 성당이나 교회를 방문해도 비슷한 느낌이 드는 것은 종교 건축물이 사람에게 주는 어떤 정신적 위안 같은 것이 있기 때문입니다. 비록 이런 종교적인 감응만으로도 세상이 평화롭다고 느끼게 되는 한 순간을 경험할 수 있지만 다시 이곳을 벗어나 속세의 도시에 다다르게 되면 그런 느낌은 모두 잊어버리게 됩니다. 이렇게 갈팡질팡 흔들리기 쉬운 게 사람이다 보니 흔들리는 제 자신이 잘 가고 있는지를 지켜봐 줄 수 있는 소중한 사람들이 더 필요한 것인지도 모르겠습니다.

영일 냉수리 신라비

빨래판이
될 뻔한 국보

포항에서 만날 수 있는 국보 제264호인 '영일 냉수리 신라비迎日 冷水里 新羅碑'
는 북구 신광면사무소 앞에 있습니다. 이 오래된 비석을 얼핏 들여다보면 평범하
다 느낄 수도 있습니다. 명성에 비해 주변의 보호시설도 취약할뿐더러 이 비석의
의미를 제대로 전달해줘야 할 안내문도 형식적으로 달았다는 인상을 지울 수가
없으니까요. 사실 이런 귀중한 문화유산을 보호하고 관리해야 하는 기관의 무성
의함과 불친절함을 유독 이곳에서만 한정해 문제삼을 수도 없는 노릇입니다.

이밖에도 포항에는 고인돌이나 암각화를 비롯해 고대문화유산이 많이 남아
있고 특히 우리 고대사에서 아직까지 밝혀지지 않은 제철의 역사를 이해할 수 있
는 유적과 증거물들이 상당한 편입니다. 이는 지난 '2013 푸른문화학교' 첫 번째
강의를 해주신 이영희 선생을 통해 언급된 부분이기도 합니다. 우리의 고대사는
일본 고대사에 미친 영향이 매우 컸으며, 삼국시대의 신라가 번성할 수 있었던
배경에는 신광면을 비롯해 흥해읍과 연일읍 일대에 제철단지가 있었기에 가능했
다는 해석입니다. 포항이 신라가 동해안으로 진출하기 위한 전초기지였을 뿐 아
니라 국가 권력을 유지하고 강화시킬 수 있었던 힘의 원천인 철을 생산해냈다는
선생의 고고학적 해석과 연구가 흥미롭지 않을 수 없습니다. 그래서 제철의 역사
는 곧 우리 포항의 옛 이야기이기도 합니다.

냉수리 신라비는 503년에 화강암으로 만들어진 비석으로 231자의 한자가 가
득 새겨져 있으며, 폭 70cm, 높이 60cm, 두께 30cm로 장정 서넛이 달려들어야
겨우 들어올릴 수가 있습니다. 1989년 봄, 이곳 마을주민이 밭일을 하다 비석의

한 귀퉁이가 계속 걸려 이것을 걷어내 빨래판으로 쓸 요량으로 이 비석을 끄집어 내게 됩니다. 집에 와 물로 돌을 씻고 보니 삼면에 온통 글씨가 새겨진 것이 범상치 않다 여겨 관청에다 신고를 했고, 이렇게 해서 이 귀중한 신라비가 우리 앞에 놓이게 되었습니다. 이를 통해 우리는 1,500년이라는 시간을 거슬러 가서 당시의 역사적 사실은 물론 생활상까지도 가늠해 볼 수 있게 된 것입니다. 비석의 내용은 이렇습니다.

"사라^{斯羅}(신라의 옛 이름으로 '무쇠나라'라는 뜻)의 사부지왕과 내지왕은 일찍 이 진이마촌 절거리의 증언을 토대로 그가 재물을 취하도록 명령하셨습니다. 계미년 9월 25일 지도로갈문왕(지증왕)을 비롯한 일곱 어른은 지난 날 두 임금이 결정하신 대로 절거리가 재물을 몽땅 취하도록 명령하셨습니다. 또한 절거리가 죽은 다음에는 그의 아들 사노가 재물을 취하도록 하셨습니다.
한편 말추와 사신지 두 사람은 앞으로 이 재물에 대하여 일절 언급치 않도록 하며 만약 이를 어기면 중죄로 다스릴 것이라 말씀하셨습니다. 이 명을 받든 일곱 명은 임무를 마친 뒤 소를 잡고 널리 알린 뒤 여기에 기록함을 엎드려 보고 드립니다."

『무쇠를 가진 자, 권력을 잡다』(이영희, p.176~177, 현암사)

절거리라는 사람의 소유 재산과 죽은 후 재산상속 문제, 재산분쟁 때 이를 어떻게 해결할 지에 대한 절차, 그리고 이러한 내용을 어겼을 경우 중형에 처한다는 경고 등을 상세하게 담고 있는 이 비석은 오늘날의 법원 판결문과 같은 성격을 지녔다고 봅니다. 그런데 지도로갈문왕(지증왕)과 중앙의 6부 출신의 고위관리 7인이 모여 이전 두 왕의 결정사항을 재확인하면서까지 이러한 결론에 도달하게 한 이 재물이 무엇인지 궁금해집니다. 게다가 이러한 결정 사항을 집행한 후 소를 죽여 제사를 지내고 이를 포고한다는 사실까지도 흥미롭습니다.

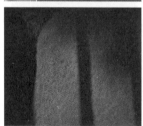

고대사에 대한 기록이나 자료가 많이 남아있지 않아 이러한 비석이나 유물이 발견될 때마다 학계의 비상한 관심이 모일 수밖에 없다고 합니다.

이에 대해 이영희 선생은 '철을 만드는 기술이자 권한'이 재산의 실체며 비석에 언급된 이들이 모두 제철과정에 관련된 이들이라고 해석합니다. 선생은 이곳의 옛 지명과 이들의 이름을 고대어와 고대사를 통해 이해가능한 비석의 숨은 내용과 상징들을 모두 해설해 주셨는데, 그 얘기 풀이가 너무 재미있습니다. 특히 당시 우리나라로부터 긴밀한 영향을 받은 일본고대사를 비교하고 그 맥락이 전개되는 과정을 살펴보면 어떤 드라마보다 흥미진진한 서사를 가지고 있었습니다. 한편으로는 역사라면 조선왕조의 역대 임금 이름을 달달 외우며 공부했던 기억이 앞서는데 이런 식으로 주변의 맥락을 살피고 역사의 인과관계를 확인하며 역사를 공부한다면 학생들이 더 재미있게 공부할 수 있을 것 같습니다.

때마침 이곳 신광면에서 8.9km 떨어진 북구 흥해읍에서 2009년에 발굴된 '중성리 신라비中城里 新羅碑'가 2013년 보물 제1758호로 지정되었습니다. 냉수리 신라비보다 연대가 조금 앞선 것으로 확인돼 현존하는 신라비로는 가장 오래된 비석으로 추정되고 있는 중성리 신라비는 앞서 발견된 냉수리 신라비와 비슷한 점이 많아 학계의 높은 관심을 받고 있습니다. 중성리 신라비 역시 재산과 관련된 분쟁내용을 담고 있으며 신라의 지배층들이 합동으로 판결을 내렸다는 내용이 담겨있다고 합니다. 또한 관직명과 관등 표기의 유사성을 감안하면 냉수리 신라비에서 언급되는 인물과 동일인이라고 추정되는 인명 등을 확인할 수 있다고도 하니 그 내용이 전부 밝혀진다면 신라 고대사에 대한 이해를 훨씬 넓힐 수 있을 것 같습니다.

중성리 신라비가 발견된 북구 홍해읍은 선사시대의 유물인 '칠포리 암각화'가 발견된 곳이기도 합니다. 칠포리 해수욕장 서쪽의 곤륜산 계곡에 두 개의 암각화가 있습니다. 암각화는 선사시대 사람들이 바위나 동굴 벽에 기호나 물건, 동물 등의 그림을 새겨놓은 것을 이르는데, 그 내용은 주로 농사의 풍요와 생산을 기원하던 것으로 일종의 주술행위의 결과물이었다고 합니다. 이런 암각화를 들여다보면 옛사람들이 사물을 어떻게 생각했는지 알 수 있습니다. 그리고 이러한 생각들이 최초의 문자로까지 연결되기에 이릅니다. 그림 역시 가장 원초적인 글자인 셈입니다.

이렇게 선사시대와 고대사의 흔적을 발견할 수 있는 홍해읍에는 유독 회화나무가 많이 심어져 있습니다. 이는 조선시대 풍수가인 이성지라는 사람이 이곳의 지형을 보고 홍해군수에게 말하기를 "홍해의 지세와 지리를 고찰해 보니 먼 옛날 선사시대에는 큰 호수였을 것이다. 수만 년 동안 호수였던 곳을 동편 낮은 곳의 산맥을 절단하여 그 곳으로 호수의 물을 흘러가게 하여 평야를 이루게 하였으므로 가뭄에는 물 걱정이 없으나 그 반면에 습기가 많을 것"이라고 하고서는 이를 방지하기 위해서는 집집마다 회화나무를 심으라고 한 것이 지금까지 남아있는 것이라고 합니다. 그래서 영일민속박물관에 있는 회화나무나 중성1리, 망천리에 서 있는 회화나무도 이러한 전설을 간직하고 있습니다. 이성지의 조언처럼 이곳이 원래 호수고 물이 많았다는 게 이치에 맞지 않는 건 아니라고 봅니다.

앞으로 포항의 뿌리를 알아가기 위해서는 사소한 옛 기록에서도 그 의미를 다시 찾아보고 작은 유물에서 건저올릴 수 있는 무궁한 이야기를 체계적으로 연구할 수 있는 지역의 사학자나 연구기관에 대한 지원과 관심이 더 필요할 것입니다.

　사람들이 모여살기 위해서는 당연히 물가 근처여야 하는데 선사시대의 유물인 칠포리 암각화나 고대의 신라비가 있었다는 점을 미루어 이곳에는 풍부한 물이 있었을 것이라 짐작할 수 있습니다. 어쩌면 이성지의 말대로 이곳이 큰 호수였을 가능성도 있겠습니다.

　사실 고대사에 대한 기록이나 자료가 많이 남아있지 않아 이러한 비석이나 유물이 발견될 때마다 학계의 비상한 관심이 모일 수밖에 없습니다. 만약 이런 비석의 내용이 종이에 쓰인 것이었다면 우리에게까지 이 역사적 사실을 고스란히 전해주기는 힘들었을 지도 모릅니다. 따라서 금속이나 돌 위에 글씨를 적어놓은 금석문에서 고대사의 실마리를 찾을 수밖에 없는 것입니다. 사막의 오아시스처럼 이런 유물의 가치는 막대합니다. 하지만 이런 유물을 통해 거슬러 올라가는 역사적 접근에는 일정 부분 한계가 있을 것입니다. 따라서 역사를 알아간다는 것은 방대한 학식과 전문 지식이 필요할 뿐만 아니라 때론 놀라운 직감과 상상력이 필수적으로 발휘되어야 하는 분야입니다. 단순히 옛 기록과 문헌만이 아닌 당시 시대를 추측할 수 있는 넓고 깊은 통찰력이 역사가에게 꼭 필요한 덕목일 것입니다.

특히 앞으로 포항의 뿌리를 알아가기 위해서는 사소한 옛 기록에서도 그 의미를 다시 찾아보고 작은 유물에서 건져올릴 수 있는 무궁한 이야기를 체계적으로 연구할 수 있는 지역의 사학자나 연구기관에 대한 지원과 관심이 더 필요할 것입니다.

기청산식물원

키질로 일궈낸
유토피아

포항시 북구 청하면 덕성리에 위치한 '기청산식물원箕靑山植物園'은 청하중학
교 정문으로 곧게 뻗어있는 한적한 가로수길을 지나 좌회전하면 바로 나타납니
다. 전체 5만 평방미터에 달하는 면적에 2,500여종을 보유하고 있는 이곳은 식
물학자인 아촌 이삼우 선생의 고집과 노력을 통해 이루어졌습니다.

　　선생은 지난 40여 년 동안 사재를 털어 전국의 희귀식물과 멸종 위기에 처한
식물들의 개체증식과 서식지 보전 등에 많은 노력을 기울였습니다. 대학에서 임
학을 전공하셨지만 학창시절 옆에 늘 끼고 다녔던 것은 서양의 고전과 철학 서적
이었다고 합니다. 그러다 고학년에 이르러 중국 언어학자이자 수필가인 임어당
林語堂, 1895~1976의 철학을 접한 뒤로는 동양적인 세계관에 눈을 돌리게 되어 고향에
돌아와 '신농의 길'로 들어서게 되었습니다.

　　'자연과 인간의 조화로운 삶'을 위해 선생은 이곳에 멸종위기에 처한 야생 식
물의 보금자리를 마련했고, 이곳을 찾아오는 새들을 위해서 서식지를 제공하고
있습니다. 사시사철 이곳에 오면 지저귀는 새들의 울음소리와 함께 고요한 숲길
을 거닐 수 있는 곳입니다. 또한 사람들이 쉽게 알아보는 화려한 꽃보다도 우리
의 야생화나 들풀에 더 많은 애착을 쏟아내고 있습니다. 이처럼 사람들의 심신을
치유하고 달랠 수 있는 환경을 만들기 위해 선생은 그야말로 풀 한포기조차 그냥
지나치지 않았습니다. 더불어 이 온전한 숲이 선사하는 자연의 생동감과 아름다
움을 느끼기 위해 많은 방문객들는 이곳을 찾아오지만 이곳의 주인은 야생화들
과 새들이라는 점을 늘 강조합니다.

사실 이곳은 2008년부터 일반인들도 관람할 수 있게 전면 개관을 했지만 그 이전에는 숲의 관리와 보호를 위해 한정된 인원만 입장할 수 있게끔 예약 위주로 운영이 되었습니다. 따지고 보면 이런 엄격함이 적용되었기에 오늘날의 기청산 식물원이 존재할 수 있었고, 이것이 한 개인이 일생의 노력을 통해 이루어낸 결실이라는 점에서 놀라지 않을 수 없습니다.

저는 이삼우 선생처럼 고집스럽게 자신의 신념대로 자신의 길을 걸어가는 분들을 유난히 좋아합니다. 그래서 국악의 매력에 빠지게 된 동시에 전국의 명인, 명창들을 찾아다니게 된 것인지도 모릅니다. 이런 가운데 뵙게 된 가무악의 명인이신 고故 박병천 선생은 제게는 여러모로 특별한 가르침과 경험을 선사해주신 분입니다. 사실 박병천 선생은 단순히 사제 간의 관계보다는 제가 맹목적으로 따라다닌 분 또는 모신 분이라는 표현이 더 적절하다고 봅니다. 선생을 통해 춤과 소리뿐만 아니라 국악 공연은 말할 것도 없이 방송출연이나 여러 수업에도 함께 참가하면서 소위 국악의 속살을 들여다볼 수 있는 소중한 경험을 얻게 되었습니다.

3장 _ 포항의 근교

그러던 1997년 2월 어느 날, 선생께서 굉장히 훌륭한 분이 돌아가셨다며 서울에서 고인의 고향땅인 전라남도 벌교에 가서 씻김굿을 해드려야 한다고 했습니다. 그렇게 갑작스레 벌교에 도착하고 보니 그 분이 바로 『뿌리깊은 나무』를 창간하신 한창기 선생이셨습니다. 이 책은 어릴 때 형들이 보던 잡지였던지라 생생하게 기억하고 있었습니다. 또 '뿌리깊은 나무 조선소리 선집'은 한창기 선생의 안목과 의지가 없었다면 결코 접할 수 없었던 음반으로 각별한 애정이 있었기에 더욱 애틋한 마음이 들었습니다. 비록 고인이 되고나서야 뵙게 된 분이지만 그 분의 마지막 길에라도 동참할 수 있었다는 게 그나마 위안이기도 했습니다.

그때까지 씻김굿이라 해도 공연장에서만 하는 것을 경험했던 제가 현장에서 씻김굿을 접하니 비로소 우리 민족의 '축제성'이라는 것을 확실히 느낄 수 있었습니다. 우리의 전통 장례는 죽은 사람에 대한 슬픔과 안타까움을 표하는 자리지만 궁극적으로는 떠난 사람으로 인한 슬픔을 극복하고 다시 살아갈 수 있게끔 산 사람들을 위해 축제를 마련하는 자리라고 봅니다.

추운 겨울이라 입에서는 입김이 피어오르는데 마당의 한쪽 구석에는 꼬막 삶는 냄새가 물씬 났습니다. 그런 분위기에서 '대대댕~'하고 징소리가 울리고 씻김굿이 시작되었습니다. 김대례 선생의 무가가 죽은 이의 영혼을 달래어주고 난 뒤 씻김굿이 무르익자 박병천 선생이 제게 북을 잡아보라고 하셨습니다. 이때가 저의 데뷔 무대였습니다. 굿이 진행되는 동안에도 추모객들은 계속 늘어났고 해가 뜰 때까지 굿은 계속되었습니다. 이윽고 아침 해가 밝아오자 상여를 매고 바로 집 뒤에 있는 뒷산에 선생을 안장했습니다.

이렇게 씻김굿으로 보내드린 한창기 선생은 우리 문화예술에 많은 영향을 끼지신 분이십니다. 출판 분야를 비롯해 국악분야에서도 미친 영향이 대단하십니다. 특히 한창기 선생의 열정적인 관심과 후원으로 100회까지 지속된 '뿌리깊은 나무 판소리감상회'는 당시 최고의 명창이라 할 수 있는 박봉술 명창, 조상현 명창 등이 무대에 서는 등 가히 전설로 기억되는 판소리감상회입니다. 지금 제가 포항에서 판소리감상회를 만들어 매주 소리감상을 하고 '지음知音'이라는 이름의 소리판을 열게 되었던 것도 '뿌리깊은 나무 판소리감상회'의 영향이 컸습니다.

한창기 선생과 박병천 선생을 비롯해 이삼우 선생 모두 본인은 의식하지 않았다 하더라도 이 삭막한 세상에 등불이 되어주시는 존재라고 생각합니다. 이런 분들을 통해 우리의 삶이 그나마 덜 삐걱거리며 위로받으며 살아가게 되는 것이 아닌가 합니다.

청하는 예전부터 노거수가 많기로 유명한 곳입니다. 기청산식물원에서도 수령이 많고 커다란 나무들이 즐비하지만 이웃하고 있는 청하중학교 교정의 관송전官松田 또한 솔밭으로도 유명합니다. 더불어 인근 청하면사무소 앞에 위치한 청하초등학교에 가면 400년이 넘은 회화나무 한 그루가 있습니다. 회화나무는 우리 선조들이 최고의 길상목으로 손꼽아온 나무입니다. 회화나무에 두는 의미는 너무나도 많아서 일일이 다 설명하기 힘들 정도입니다. 이렇게 온갖 좋은 의미를 다 가지고 있는 나무도 흔치 않을 것입니다.

이 회화나무는 바로 조선 최고의 화가이자 화성으로까지 칭송 받는 겸재 정선謙齋 鄭敾, 1676~1759이 그린 〈청하성읍도〉에 묘사된 나무로 알려져 있습니다. 청하면사무소와 청하초등학교가 자리잡고 있는 이 일대는 원래 청하읍성이 자리한 곳으로 1530년에 간행된 『신증동국여지승람新增東國輿地勝覽』의 기록에 의하면 청하읍성의 규모는 둘레 1,353척, 높이 9척에 우물 2곳이 있었다고 하는데, 이 기록을 〈청하성읍도〉를 통해 눈으로 확인할 수 있습니다.

1733년 이른 봄, 당시 겸재의 나이는 58세로 여기 청하 현감으로 부임해 1734년까지 머물렀습니다. 비록 2년이라는 짧은 기간이지만 겸재의 주옥같은 작품은 여기 청하에 머물면서 탄생되었습니다. 이 기간 중에 국보 제217호인 〈금강전도金剛全圖〉와 내연산 계곡을 보며 그린 〈내연삼용추內延三龍湫〉 등을 남겼는데 그는 우리의 자연을 우리 식으로 그려내는 진경산수화의 창시자이자 동시에 완성자이기도 합니다.

불현듯 이렇게 독자적인 조선시대의 미술을 알아보고 연구해 그 가치를 세상에 알리는데 크게 기여한 미술사학자 오주석 씨가 떠오릅니다. '옛 사람의 눈으로 보고, 옛 사람의 마음으로 느낀다'는 옛 그림 감상의 두 가지 원칙을 전한 그는 안타깝게도 일찍 세상을 떠났습니다. 옛 그림이나 음악을 특별히 어렵게 느낄 필요가 없는데도 막상 옛 것을 접하면 사람들은 보통 그 내용을 이해하기 어렵다며 고개를 젓습니다. 하지만 그저 소탈하게 마음을 열고 느끼면 그만인 게 예술입니다. 그렇게 마음이 움직여 쳐다보고 듣는 것만으로도 예술을 충분히 즐긴다고 할 수 있는 것입니다. '아는 것은 좋아하는 것만 못하고 좋아하는 것은 즐기는 것만 못하다知之者不如好之者 好之者不如樂之者'는 말처럼 우리는 예술을 머리로 알기보다는 마음으로 즐길 수 있으면 좋겠습니다.

1733년 이른 봄, 당시 겸재의 나이는 58세로 여기 청하 현감으로 부임해 1734년까지 머물렀습니다. 비록 2년이라는 짧은 기간이지만 겸재의 주옥같은 작품은 여기 청하에 머물면서 탄생되었습니다

3장 _ 포항의 근교

겸재는 영조의 적극적인 후원을 받았습니다. 이는 영조가 왕으로 등극하기 전에 겸재에게 학문과 그림을 배웠고 왕위에 등극하고 나서도 이름을 부르지 않고 호로 대했다고 할 정도로 그에게는 예우를 다했습니다. 당시 경상도에서 제일 경치가 좋다는 청하현감으로 올 수 있었던 것도 영조의 배려였다고 합니다. 또한 영조는 판소리에도 조예가 깊어 어전에서도 판소리 공연을 행하기도 했습니다.

이처럼 예술가에 대한 여러 후원이나 지원을 하는 사람을 두고 요즈음에는 '패트런patron'이라고 부르기도 합니다. 영조와 같은 패트런으로서의 임금을 조선왕조에서는 자주 접할 수 있는데 판소리를 애호했던 최고 권력층으로는 흥선대원군이 가장 돋보이는 경우일 것입니다. 사실 흥선대원군은 애호 차원을 넘어 전주대사습에서 장원을 한 명창들과 광대들을 불러 고종 앞에서 공연도 벌이게 하고 벼슬까지도 받게 했습니다. 그야말로 이 당시에는 명창이라면 부와 명예를 동시에 얻을 수 있는 분위기이다보니 대원군 시대에는 특히 많은 명창이 배출되었습니다. 어떻게 보면 한 시대의 문화가 찬란하게 꽃을 피울 수 있는 배경에는 이렇게 예술과 문화를 지원한 후원자의 역할도 크다는 것을 알 수 있습니다. 지금은 기업메세나 활동이나 문화재단 사업 등을 통해 기업이 패트런의 역할을 일부 담당하고 있다고 할 수 있겠습니다.

이렇게 영조의 든든한 후원을 받은 겸재는 내연사 계곡에 반해 이곳 경치를 그린 그림을 여러 점 남깁니다. 이 중 화면 가득하게 산과 폭포가 시원하게 그려진 〈내연삼용추도〉에는 연산폭, 관음폭, 잠룡폭을 차례로 그려넣었는데, 실제 연산폭포 아래 바위벽에 '갑인추 정선^{甲寅秋 鄭敾}'이라는 탐승각자가 선명히 새겨져 있는 것을 보니 화창한 가을날 이곳 정취에 반한 겸재의 모습을 상상해볼 수 있습니다. 갑인년은 1734년이니 현감으로 부임한 이듬해입니다. 또한 우리나라의 영산으로 알려진 금강산 일만이천 봉을 원 하나에 다 그려 넣은 〈금강전도〉를 1734년 청하에서 완성하게 됩니다. 이 역시 영조가 직접 금강산을 사경하여 올리라는 왕명을 받든 것입니다.

금강산은 우리 민족에게는 매우 각별한 산이라고 봅니다. 지금도 통일을 염원하는 노래의 대표작인 '그리운 금강산'을 즐겨 부르며, 속담 중에 하나인 '금강산도 식후경'이라는 게 제아무리 재미있는 일이라도 배가 부르고 난 뒤에야 흥이 난다는 것을 비유적으로 이르는 말입니다. 이것을 뒤집어보면 밥 먹기도 거를 정도로 금강산을 구경하는 게 더 재미있다는 의미도 됩니다. 또한 금강산의 명성은 중국에까지 퍼져 중국 사신들이 조선에 오면 금강산을 보러가기 원했고 상황이 여의치 않으면 그림이라도 얻어가기를 바라서 여러 차례 금강산 그림을 그려 주었다는 기록도 있다고 합니다.

더욱 놀라운 점은 눈으로 봐도 가늠하기 힘든 일만이천 봉을 원 하나에 그려 넣은 〈금강전도〉는 우리나라 최고의 걸작인 동시에 그 안에 주역의 이치와 철리를 담고 있다고 합니다. 『주역』의 대가이기도 했던 정선은 화가이자 철학자로서 후세에게까지 그 심오한 이치를 전해주고 있습니다.

이후 겸재는 노모의 부음을 접하고 현감의 임기를 다 채우지 않고 3년 상을 치르러 이곳을 떠나게 됩니다. 만약 그가 이곳 청하에 더 오래 머물렀다면 아름다운 이곳의 풍경을 더 많이 남겼을 텐데 하는 아쉬움이 남습니다. 그러나 그가 남긴 그림만으로도 우리는 그가 우리 강산을 얼마나 사랑했는지 충분히 느낄 수 있습니다. 그리고 그것을 오롯이 지켜내는 일이 우리에게 과제로 남아 있습니다.

포항사방기념공원

숲도 가꾸고
산사태도 막고

2013년 3월, 포항 용흥동에서 한 중학생이 아파트 뒤편 야산에서 불장난을 하다 산불이 나서 인근 도심에까지 불이 옮겨 붙은 큰 화재사고가 있었습니다. 예전에도 포항에서 영덕으로 가는 해안도로 근처에서 대형 산불이 일어나 큰 피해를 입은 적이 있어 포항 사람들은 산불이 얼마나 무서운 재앙인지를 잘 알고 있습니다. 산불이 커진 데에는 바람의 영향이 큽니다. 그래서 바닷가에 살면서 거센 바닷바람을 막아주는 방풍림의 중요성을 잘 알기에 포항 사람들은 나무의 중요성과 가치를 삶의 현장에서 체험해 온 유전인자를 몸 속에 가지고 있습니다.

더욱이 이렇게 화재로 인해 산의 나무들이 사라지면 그 산은 그야말로 언제 쏟아질지 모르는 흙더미가 됩니다. 이렇게 삼림이 파괴되면 어떤 지경에 이르게 되는지를 역사적 가설을 통해서도 발견할 수 있습니다. 『삼국유사』나 『삼국사기』에는 신라 말기에 민간에서도 숯을 이용해 밥을 지었다는 얘기가 나옵니다. 표면적으로 보면 신라 말기의 경제적 윤택함을 보여주는 예로 자주 인용되는 말입니다. 이는 1995년 경주경마장 부지에서 발굴된 숯가마와 다량의 숯 유물을 통해서도 확인되고 있습니다. 전문가의 분석 결과 신라 숯의 재료는 참나무로 드러났습니다.

우리 조상들은 사람과 다른 동물은 제외하고 나무와 풀을 언급해 산천초목, 즉 자연이라고 불렀습니다. 선조들의 시각에서 보면 사람도 동물도 산천초목에 더부살이하며 혜택을 입는 존재로 생각했던 것입니다.

그런데 어떤 이는 이런 숯이 천년왕국 신라를 망하게 한 원인으로 지목합니다. 철을 만들기 위한 연료와 가정의 연료로 숯을 만들기 위해 신라의 참나무 숲이 무참히 잘려나가 민둥산이 늘어났습니다. 그로 인한 홍수와 가뭄, 계속되는 흉작으로 배고픔이 극에 달해 망국에까지 이르렀다는 가설인데 그렇게 허무맹랑한 이야기처럼 들리지는 않습니다. 그리고 최근 이런 비슷한 이유로 한때 번영했던 옛 도시가 몰락하게 된 증거들이 계속 제시되고 있습니다. 남미의 잉카문명과 캄보디아의 앙코르와트 사원의 경우도 무분별한 벌목으로 인한 황폐로 멸망했다는 가설이 과학자들 사이에서 제기되고 있습니다.

사방사업에는 댐이나 제방 등을 쌓는 토목적인 방법과 나무를 심는 조림적인 방법이 있는데 궁극적으로 이 두 가지는 모두 산사태를 방지하기 위한 공사입니다. 이곳 포항에서는 산이 헐벗어서 생기는 산사태 등으로 발생되는 최악의 토사 붕괴를 막기 위해 산림녹화 방법을 사용했습니다. 북구 흥해읍에 위치하고 있는 포항사방기념공원은 이러한 사방사업이 우리나라에 도입된 지 100년이 된 것을 기념하기 위해 2007년에 지어졌습니다. 아름다운 동해바다와 인접해 있는 이곳 역시 한국전쟁으로 인해 민둥산이 되었고 산업화 이전에 땔감으로 산의 나무를 모조리 베어버린 상황이었습니다. 당시 전국 어디서나 상황은 비슷했으며 포항도 민둥산이 참 많았다고 합니다. 그래서 1975년부터 5년간 연인원 360만 명이 투입되어 총면적 4천5백만 평방미터를 단기간에 녹화한 전국 최대 규모의 사방사업이 진행되었습니다. 이를 기념하기 위해 조성된 공원 내에는 사방사업과 관련된 기술변천과 자료를 모아 전시하고 있습니다. 멀리 동해바다가 내다보이는 산 중턱에 자리 잡은 기념관은 현대적인 건축물로 세련된 조경과 미관을 갖추고 있습니다. 기념관 주변에는 넓은 잔디와 연못들이 잘 가꾸어져 있습니다. 또한 삼국시대의 석곽묘, 석실묘 등 유물들도 전시되어 있습니다.

그런데 이렇게 뛰어난 현대적 시설을 갖춘 곳이지만 마땅한 편의시설 하나 없는 게 아쉽습니다. 사실 포항에 있으면서 사방기념공원을 찾은 건 이번이 처음입니다. 도심에서 좀 떨어져 있는데다 평일 오후라 그런지 방문객도 많지 않아 이런 아쉬움이 남습니다. 이렇게 좋은 취지와 뛰어난 자연환경을 방치하는 것은 지역자산의 낭비라고 봅니다. 특히 생태환경의 가치에 대한 관심이 높아지는 상황에서 이런 좋은 녹지공간을 많은 사람들이 즐겨찾고 휴식을 취할 수 있었으면 좋겠습니다.

우리 조상들은 겉으로 보기에 생명이 없어 보이는 산과 물, 그리고 나무와 풀을 언급해 산천초목, 즉 자연이라고 불렀습니다. 선조들의 시각에서 보면 사람도 동물도 산천초목에 더부살이하며 혜택을 입는 존재로 생각했던 것입니다. 이러한 관점 덕분에 자연의 모습을 훼손하지 않고 있는 그대로의 상태를 즐기며 자연을 바라보는 심미안을 가지게 되었습니다. 실로 우리 조상들이 지녔던 혜안은 시대를 뛰어넘고도 남을 만한 일종의 경지였다고 생각합니다. 한편으로는 우리 조상들이 자신의 욕망을 다스리기 위해 평생을 수학하고 자연 속에서 마음의 풍요로움을 찾으려 했던 것은 아닐까하는 생각도 듭니다.

　물론 저 역시 현대인의 한 사람으로 물질적인 욕망을 부정하는 것은 아닙니다만, 이것이 일정 정도의 한계를 넘어서면 반비례해서 독이 될 것이고. 결론적으로 건강하지 못한 사회가 될 여지가 많습니다. 그래서 다시금 마음의 풍요로움이란 무엇인가 하는 문제를 한 사람, 한 사람이 생각해야만 할 때라고 봅니다. 그래야만 우리는 올바르게 숲 문화를 만들고 이를 후세에 전할 수 있습니다.

　건강한 숲 문화는 이를테면 '눈에 보이는 부분보다도 밑뿌리가 중요하다'라는 사고방식이나 '만물은 순환하게 되는 것이다'라는 인식을 가지게 되는 것에서 시작합니다. 그릇된 욕망으로 숲을 훼손하고 자연에서 멀어진다면 우리 삶의 건강도 결국엔 사라지게 될 것입니다. 이를 위해서 우리 눈앞에 보이는 숲 뿐만이 아니라 우리의 마음속에도 건강한 나무와 숲이 자라면 좋겠습니다. 그래서 사람들이 돈이 부족하더라도 '내 나름의 풍요로움'을 느끼고 누릴 수 있다면 우리의 삶은 좀 더 윤택해질 것입니다.

덕동문화마을

판소리 한 대목이
딱 어울리는 마을

포항시 북구의 오래된 마을인 기북면 오덕리에 위치한 '덕동마을'은 경주의 양동마을과 맥이 닿아 있는 곳입니다. 양동마을이 조선의 대유학자인 회재 이언적의 족적을 토대로 시작되었다면 덕동마을은 이언적의 아우인 농재 이언괄 聾齋 李彦适 1494~1553이 관직에 나간 형을 대신해 어머니를 봉양하기 위해 이곳에 살게 되면서부터 인연이 시작되었다고 합니다. 회재 선생은 조선시대 유학을 대표하는 '동방 5현'의 한 사람으로 정여창, 김굉필, 조광조, 이황과 함께 성균관 문묘에 위패가 배향되어 있습니다. 이후 임진왜란 때 의병장으로 이름 높았던 농포 정문부가 피난처로 터를 세우고 농재 이언괄의 4대 손이자 손녀사위인 사의당 이강에게 집을 넘겨주면서 여주이씨 집성촌이 되었다 합니다.

양동마을에 비해 규모는 작지만 덕동마을은 비학산이 둘러싼 안자락에 살며시 자리한 고택들로 고즈넉함과 전통미를 원형 그대로 간직하고 있는 곳입니다. 특히 오덕리 일대는 전통문화마을로 지정되면서 이 근방의 숲을 복원하고 관리해 아름다운 산책로를 조성했습니다. 이 산책로가 알려지면서 1992년 문화관광부로부터 문화마을로 지정되었고, 2001년에는 환경친화마을로까지 지정받게 되었습니다. 또 2006년도에는 아름다운 숲 전국대상에 '덕동마을 숲'이 선정되는 등 가장 아름다운 숲으로 인정받고 있습니다. 마을 곳곳이 아름다운 숲길이고 이 길을 따라 찬찬히 걷다보면 용이 누웠다가 승천했다는 와룡암, 홍예가 아름다운 돌다리인 통허교, 용계천과 호산지의 물이 만나는 합류대, 회나무 우물 등 아기자기한 자연을 만날 수 있습니다.

덕동마을에 들어서서 가장 왼편에 보이는 깊고 푸른 대나무 숲은 이 마을의 유서 깊음을 대변하는 듯합니다. 대나무 숲 맞은편에 있는 용계정의 북쪽 문은 정계숲과 커다란 연못까지 연결되어 있습니다. 덕동마을에서 처음 만나는 건물이자 이 마을의 자랑인 용계정(경북 유형문화재 제243호)은 1687년 사의당 이강이 착공하여 손자인 이시중이 완성하게 됩니다. 이후 이시중의 손자인 이정응이 1778년에 다시 중수해 지금에 이릅니다. 이름은 정자라고 붙였지만 형식 면에서는 누각입니다. 앞으로는 용계라는 맑은 시냇물이 흐르고 바위가 운치 있어 그야말로 선경입니다.

정조 이후에는 농재 이언괄 선생과 그의 부친인 찬성공 이번 선생을 모신 서

원인 세덕사의 강당으로 사용되었지만 고종 5년(1868) 대원군의 서원철폐령의 화를 면하기 위해 이곳 마을주민들이 용계정과 세덕사 사이에 밤새도록 담을 쌓아 세덕사만 철폐되고 용계정은 남게 되었다고 합니다. 지금도 이곳 마을주민들은 마을회의가 있을 때는 용계정을 이용합니다. 더불어 용계정 주변으로는 수백년 된 은행나무, 향나무, 백일홍 등이 있어 옛 정원의 풍모를 가늠하게 합니다.

용계정을 지나 30여 채 가옥이 자리한 덕동마을을 둘러보는데 그리 많은 시간이 걸리지는 않습니다. 하지만 옛 마을에서 느껴지는 정서적 편안함에 취해 어느 집 한옥 마당에 들어서게 되는 경우도 종종 있는 곳입니다. 사실 포항에서는 오래된 한옥이 남아있는 곳이 드물어 덕동마을에 와서야 우리의 옛 주거방식을 접하게 됩니다. 더욱이 이곳은 박제된 민속촌의 전시관이 아니라 지금도 주민들의 삶의 터전으로서 이어지는 곳으로 마당에는 장독대 같은 각종 생활도구가 나와 있습니다. 그래서인지 더욱 정겨운 전통적인 삶의 방식을 엿볼 수 있습니다.

우리 조상들은 마당을 자연의 연장으로 인식해 자연의 축소형으로 정원을 꾸민 것이 아니라 소박한 땅과 확 트인 하늘의 빈 여백을 두고 생활의 공간으로 받아들였습니다. 그리고 그 마당에서 사람들의 생과 사가 시작되었습니다.

도시에서 이렇게 마당이 있는 집에 산다는 것은 꽤나 부러움을 살만한 일입니다. 주거 공간의 대부분이 고층 아파트나 빌라, 다세대 주택 등으로 순위가 매겨진 뒤로는 마당이 있는 공간보다는 주차장이 주거 선택의 우선조건이 되어버렸습니다.

하지만 옛날에는 달랐습니다. 마당은 사람이 살 집을 짓는데 우선적으로 고려한 필수조건이었습니다. 살만한 터를 잡고 마당을 그린 후 집을 짓기 시작했습니다. 그리고 그 마당에서 사람들의 생과 사가 시작되었습니다. 아이가 태어나면 금줄을 쳐서 마당 입구에 달아맨 것을 시작으로 일상의 온갖 작업들이 마당에서 이루어졌습니다. 혼례나 상례 등 인생에서의 희로애락 역시 이 마당을 거쳐서 이루어진 셈입니다. 또한 우리 조상들은 마당을 자연의 연장으로 인식해 소박한 땅과 확 트인 하늘의 빈 여백을 두고 생활의 공간으로 받아들였습니다.

특이할 점으로 우리의 전통적인 굿문화에서 마당은 일상과 비일상의 경계에서 신과 인간들이 혼재된 영역으로 특별한 자리를 만들어내기도 했습니다. 이것은 양반의 기와집이나 농부의 초가집이나 모두 비슷했습니다.

우리의 판소리 또한 과거의 마당이 함축하고 있었던 삶의 희로애락을 보여주고 있습니다. 여기에는 판소리만의 극적인 묘미와 기호들이 있으며 이러한 장치들을 관객들은 충분히 이해하고 있었습니다. 그래서 관객들은 충분히 놀 수 있게끔 만반의 준비를 갖추고 모처럼 울타리 안에 자리 잡는 경우도 있습니다. 음식물은 기본이고 과하지만 않다면 곡차 정도는 은근슬쩍 눈 감아 줄 수 있는 여유도 있었습니다. 모르는 상대방에게도 먹을거리를 나누어주거나 모르는 장면을 물어보는 것이 자연스럽게 느껴지는 판입니다. 적어도 마당이라는 이 공간에서 만큼은 모르는 타인이 있는 것이 아니라 이웃이 존재하는 듯합니다.

이렇게 남녀노소가 어울려 놀기에 적합한 마당을 마련하는 것이 판소리의 미덕이기도 했습니다. 엄숙한 극장주의의 고압적인 분위기와는 거리가 먼 이곳은 마치 마당을 넘나들듯 이웃하는 관객들과 시·공간을 공유할 수 있었습니다. 대화와 소통이 가능했던 판소리 마당이 300년이 넘었지만 현재 우리의 마당은 삶에서 격리된 듯하여 안타까움을 자아냅니다.

이처럼 과거 전통의 삶은 마당을 매개로 이루어졌습니다. 이 마당은 낮고 성근 울타리를 통해 내부와 외부의 경계를 자유롭게 오가며 사람들 간의 만남과 대화가 빈번하게 이루어진 곳이었습니다. 지금처럼 타지에서 온 낯선 방문객들이 마당을 밟을 수 있는 열린 공간이었습니다. 마당은 일터이자 쉼터, 놀이터였으며 사람들이 한데 어울려 사는데 필요한 완충지이자 매개지로서 자연스럽게 공유했던 공간이라고 볼 수 있습니다. 현재를 사는 우리에게도 이 마당의 문화가 다시금 살아나길 기대해 봅니다.

제가 개인적으로 마당이 있는 고택을 좋아하는 다른 이유 중 하나가 바로 우리 음악을 고택에서 공연을 하면 그 감동이 더할 나위 없이 커지기 때문입니다. 2012년 양동마을 창은정사에서 고택음악회를 기획해 대금산조와 시나위 등의 연주를 진행했습니다. 박환영(대금), 김청만(장고), 이종대(태평소), 염경애(판소리) 등의 명인들이 함께 하는 자리였습니다. 이날 연주회에 오신 분들 중에는 그간 경험했던 음악회 중에 가장 좋은 경험이었다고 말하시는 분들도 많았습니다.

사실 국악이 되었든 클래식이 되었든 음악은 회화나 조형물처럼 구체화된 실체가 아닌 소리를 통해 전달이 됩니다. 소리는 우리가 의식하든 의식하지 못하든 맨 처음 접하게 되는 세상과의 연결 통로로, 태아의 감각 중 가장 먼저 완성되는 것도 청각입니다. 어머니의 맥박소리, 심장소리에서부터 세상의 소리를 자궁 속에서 이미 경험한 우리는 가장 오래된 기억을 소리를 통해 간직하고 있는 셈입니다.

그래서일까요. 음악은 어떤 악기, 어떤 언어에 상관없이 사람들의 마음에 떨림을 전해줍니다. 느낀다는 것은 어떤 제한이나 경계가 없습니다. 음악을 듣고 어떤 전율을 느낀다는 것은 꼭 그 음악을 해석했다거나 완전히 이해했다는 의미는 아닙니다. 논리나 이성보다 앞선 직접적인 감각, 생동하는 에너지로 음악은 몸과 마음에 직접 다가와 영향을 미치곤 합니다. 그래서 특별한 지식이나 기술없이도 누구나 느끼고 공감할 수 있는 영역이 음악이라고 봅니다. 물론 시대마다 음악에 대한 관점은 달랐습니다. 그리스 시대에는 음악은 조화라는 엄격한 법칙 아래에서 움직이는 음으로 수학과 동등하게 받아들였고, 우리나라에서는 선비들의 수양의 일부로서 음악교육이 중시되었습니다.

2012년 양동마을 창은정사에서 기획한 고택음악회.
우리 음악을 고택에서 공연을 하게 되면 그 감동이 더할 나위 없이 커집니다.

오늘날도 마찬가지일 것입니다. 이러한 음악의 친화력 때문에 서사를 전달하는 드라마나 연극에서는 내개 음악을 인물의 감정이니 상황을 대변하는 장치로 사용하며 뮤지컬이나 오페라의 경우 이러한 효과를 가장 극대화한 장르라고 볼 수 있습니다. 영화도 마찬가지입니다. 평면으로 전달되는 영화가 한층 입체적이며 구체적인 경험으로 전달될 수 있는 것은 영화에서 사용되는 음향적 효과와 음악 때문이기도 합니다. 마치 글에서의 방점과 같이, 음악은 인물의 감정이나 행위에 밑줄을 긋고 이를 한층 격렬하게 또는 세련되게 강조할 수 있는 것입니다. 그래서 현실과 환상을 넘나드는 음악은 눈으로 보지 못한 세계도 구체적이며 입체적으로 다가가게 할 수 있는 상승작용을 가지고 있습니다.

그래서 음악을 소유한다는 것은 백화점에서 남들과 똑같은 물건을 사는 것과는 다른 경우라고 봅니다. 음악을 듣기 위해 CD를 사거나 음악회를 가는 경우도 있지만 음악을 온전히 자신의 음악으로 소화하는 것은 각자의 몫입니다. 누구나 좋아하는 음악이 제각각인 것처럼 음악을 통해 간직하고 있는 추억들도 제각각인 것입니다. 지금 흘러나오고 있는 그 음악은 누군가에게는 특별한 음악이 될 수도 있습니다. 음악은 숲 속에 난 길을 걷는 것과 같은 한가로움이나 파도가 밀려오는 바다의 역동성, 또는 번잡한 도시 한 가운데를 가르는 바람의 허무함과 같은 기억을 느끼게 합니다. 그리고 그 느낌은 누구도 가로챌 수 없습니다.

때문에 음악적 경험은 가치의 경중을 따질 수 없는 대상의 것입니다. 뽕짝인들 어떻고 팝인들 무슨 상관일까요? 마음을 움직이는 음악의 힘은 때론 노래방에서의 열혈광기나 한밤 중의 고성방가로도 발산이 되는가 하면, 한잔의 커피 향을 더없이 풍부하게 하는 촉매제가 되기도 합니다. 조금만 더 귀를 기울인다면 일상을 윤택하게 해주는 소소한 생활의 발견이 음악을 통해 가능해진다 것, 그것이면 충분하지 않을까합니다.

오어사

원효대사의
전설이 깃든 곳

때마침 오어사吾魚寺에 들렀을 때가 12시 경이었습니다. 언제 처음 절밥을 먹었는지에 대한 기억은 가물가물하지만 절밥이 맛있었다는 것은 지금도 확실히 기억하고 있습니다.

예전에 혼자서 여행을 하던 때가 종종 있었는데 잠잘 곳이 마땅치 않으면 으레 근처 절이나 암자를 찾아 하룻밤을 청하고 묵었습니다. 기분 좋게 잠에서 깬 다음 받게 되는 공양은 언제나 '밥 한 그릇'의 고마움을 느끼게 해주었습니다. 대부분 밥과 된장국에 나물반찬 두서너 가지가 전부였지만 그 어떤 산해진미가 부럽지 않았습니다. 아무 연고도 없이 찾아온 나그네에게 이렇게 편안한 잠자리와 식사를 제공해주는 곳이 있다는 것을 알았기에 그렇게 쉽게 혼자만의 여행을 떠날 수 있었던 것 같습니다.

절밥에 대한 따뜻한 기억 때문인지 독거노인들에게 도시락을 배달하고 노숙자 사역을 해오신 목사님께 깊이 감동받았고, 지금은 저도 비록 좁고 초라하지만 은혜와 사랑이 충만한 작은 개척교회에서 노숙자 무료급식을 돕고 있습니다. 기차역이나 버스터미널 부근을 지날 때마다 막연하게 대했던 소외계층의 이웃들과 이렇게 밥 한 그릇을 통해 대면하는 일이 많아지다 보니 이들의 삶이 좀 더 구체적으로 다가오는 것 같습니다. 흔히 자본주의에서는 일하지 않는 사람에게는 부를 나눌 수 없다고 하지만 지금은 보편적인 사회복지가 필요한 시대라고 생각됩니다.

특히 도시빈민은 어느 개인의 능력으로 발생하는 문제가 아닌 사회 시스템으로 발생하는 부분이 크다고 봅니다. 청년층의 실업이나 비정규직 문제만 놓고 보더라도 갈수록 불평등한 부의 분배 현상이 심화되기 때문에 일어나는 현상이라고 생각합니다. 건강한 사회일수록 이런 사회시스템에 대한 부조리와 불평등에 대해 비판하고 개선하는 노력이 확대되며, 이를 공감하는 시민들의 의식 또한 높은 것을 알 수 있습니다.

우리나라에서도 집중조명을 받았던 프랑스의 스테판 에셀이 92세에 쓴 『분노하라』는 책에서도 이러한 시민사회의 각성을 독려하고 있습니다. 그는 책의 마지막 부분에 21세기를 만들어갈 우리에게

"창조, 그것은 저항이며

저항, 그것은 창조이다"

라고 외칩니다. 물론 창조와 저항에는 고난과 시련이 따릅니다. 하지만 그것을 피한다면 우리 사회의 미래는 암울할 수밖에 없습니다.

미래에 대한 희망을 가지지 못한다면, 또 그것이 지속된다면 사람들의 삶은 피폐해집니다. 지금 포항에도 사회복지의 사각지대에 놓인 이웃들이 많습니다. 이들에게 단지 오늘 하루의 끼니를 제공하는 것을 넘어 이들의 내일이 희망이라는 것을 느낄 수 있는 사회 전반적인 시스템이 필요합니다. 최종적으로는 물고기를 주는 데 그칠 것이 아니라 물고기를 잡는 방법을 가르쳐주어야 한다고 생각합니다. 그 시작이 따뜻한 밥 한 그릇이 될 수 있습니다. 물론 밥 한 그릇으로 세상이 달라지는 건 아니지만, 작은 나눔으로 출발하는 시민연대가 확산된다면 언젠가는 우리 사회도 변화하고 개선될 것을 믿습니다.

　오어사는 포항 사람들에게 영산으로 자리잡고 있는 운제산 자락에 있는 고찰입니다. 예로부터 운제산은 가뭄이 나면 기우제를 지내던 곳으로 알려져 있으며, 비학산과 함께 포항의 진산으로 꼽히는 곳입니다. 최근에는 오어사를 방문하는 사람보다 운제산에 등산하러 오는 사람들이 많아져 이 일대가 주차장이 되어 지역 사람들 간의 갈등을 야기하고 있습니다. 오래된 절을 찾아가는데 조금 걷는게 뭐 큰 대수냐는 입장과, 레저 활동을 즐기러 오는 방문객들을 위해서 주차장을 마련해야 한다는 입장이 공존하는 것을 보면 우리 사회의 복잡다단한 이해관계를 느끼게 됩니다.

원효대사의 전설이 깃든 곳

오어사는 신라 26대 진평왕 때 창건된 사찰로 원래는 항사사恒沙寺라 불렀습니다. 그런데 오어사라고 이름이 바뀐 배경에는 재미난 이야기가 여럿 있습니다. 『삼국유사』 의해편義解篇 이혜동진조二惠同塵條에 실린 내용으로 신라 고승 원효와 혜공이 이곳의 계곡에서 물고기와 새우를 잡아먹고 돌 위에서 방변 즉, 큰 볼일을 보는데 혜공이 이를 가리키면서 원효에게 '그대의 똥은 내가 잡은 물고기일 것이다汝屎吾漁'라고 했답니다. 또한 『신증동국여지승람』에도 비슷한 이야기가 전해지는데, 역시 원효와 혜공이 법력으로 개천의 물고기를 살리는 내기를 해서, 물고기를 잡아먹고는 물 속에서 방변하는데 그 중 한 마리는 살지 못하고 다른 한 마리만이 살아서 힘차게 헤엄쳤다고 합니다. 그래서 그 살아움직이는 물고기가 서로 자신이 살린 '내 물고기다吾漁'라고 했다는군요. 이 분들의 법력이나 정신세계를 평범한 사람들이 다 이해할 수 있겠습니까만은, 이렇게 옛 이야기로 내려오는 일화들의 속뜻을 헤아려 보는 것도 의미가 있다고 봅니다.

오어사는 창건 이후의 기록이 남아있지 않지만 절의 북쪽에는 자장암과 혜공암, 남쪽에는 원효암, 서쪽에 의상암 등의 수행처가 있는 것을 보니 자장과 혜공, 원효, 의상 스님이 이 절과 인연이 있었으리라 짐작할 수 있습니다. 오어사 옆에는 오어지라는 큰 못이 있는데 해마다 물이 차오르고 빠지고 하는 변화가 크다고 합니다. 올해는 연못의 물이 꽤 많아 이곳의 풍취를 한층 살리고 있습니다.

4장

포 항 과
포 스 코

포스코 일관제철소

포스코 역사관

청암 박태준 조각상

포스코 일관제철소

질문하는 사람만이
답을 얻는다

1968년 봄, 포항시 남구 대송면 송정동 일대에 사는 주민들은 그간 살던 집을 두고 모두 떠나게 됩니다. 그렇게 주민들을 떠나보내고 일관제철소를 짓기 위해 230만 평의 구획이 정리되고 보니 그곳은 삭막한 모래사장만이 남게 되었습니다.

철강을 만드는 공정은 크게 제선·제강·압연의 세 공정으로 나뉘어 진행됩니다. 제선이란 원료인 철광석과 유연탄 등을 고로에 넣어 액체 상태의 쇳물을 뽑아내는 것이며, 제강은 쇳물에서 각종 불순물을 제거하는 작업을 말합니다. 압연이란 쇳물을 슬래브(커다란 쇠판) 형태로 뽑아낸 후 높은 압력을 가하는 과정이지요. 이러한 공정을 모두 갖춘 곳을 일관제철소라 합니다.

불모의 땅처럼 어떤 생명도 뿌리내리기 힘들어보이던 이곳에 당시 기술과 자본도 없이 제철소 건설이 시작되었습니다. 그야말로 두 주먹 불끈 쥐고 국가적 사명을 완수하기 위해 건설현장의 수많은 사람들이 청춘을 바쳐 포항종합제철주식회사 일관제철소, 즉 포스코의 역사를 만들어냈습니다.

당시 포항시의 인구는 6만 명을 조금 넘었다고 합니다. 작은 어업도시, 해병대 주둔 도시, 울릉도 행의 선박 출항지 정도가 도시의 이미지였습니다. 하지만 건설공사가 진행되면서 상황은 달라졌습니다. 1973년 제철소의 1기 설비가 준공되어 '산업의 쌀'이라는 철이 생산되고 1970년대 포항은 우리나라 굴지의 철강도시로 부상하게 됩니다.

오늘의 포항을 이해하기 위해서는 포항제철, 즉 포스코를 들여다보지 않으면 안 됩니다. 또한 미래의 포항을 가늠하기 위해서도 포스코와의 공존을 생각하지 않을 수 없습니다.

휴전 이후 국가 전체에 처한 절대빈곤에서 벗어나고, 산업화의 토대를 마련하기 위해 세워진 포항제철은 설립될 당시에는 '제철보국製鐵報國'이라는 기업의 창업정신을 실천하는 국영기업이었습니다. 단지 철을 생산하는 공장이 아니라, '나라를 가난에서 구하자'라는 당면한 국가적 명제의 실천과, 나아가 보다 미래적 차원의 과업을 수행해야 한다는 것이 기업의 최종목표였습니다. 이러한 기업의 가치 체계는 최고 경영자인 청암 박태준 선생에서 비롯되었고 이를 통해 포스코는 일반 대기업과는 다른 행보를 통해 포항이라는 도시 전체를 바꾸게 됩니다. 또한 포스코가 들어섬으로 인해 동해안을 따라 주변 지형도 바뀌게 됩니다.

당시 중화학공업 육성을 위한 국가 계획은 1973년 포항제철의 1기 설비 준공 이후 비로소 가능해졌습니다. 이후 국가산업단지들이 속속 만들어지게 됩니다. 철강중심의 포항제철을 필두로 인근인 울주군 온산면(현재 울산광역시)에 비철금속류 및 석유화학산업의 기초소재 자급도를 높이기 위하여 비철금속단지인 온산국가산업단지가 조성되었습니다. 1974년 4월 산업기지 개발구역의 지정과 단지조성 기본계획이 확정되어 조성공사를 시작하게 된 것입니다.

또한 1975년에 울산 미포 현대조선소를 설립하고 연이어 1976년 현대자동차가 울산공장 준공 이후 최초의 국산자동차인 '포니'를 생산하게 됩니다. 모두 기초소재인 철강이 안정적으로 공급되지 않았다면 가능했을까요? '철을 만들어 나라에 보답하자'라는 다짐이 비로소 실천되었다고 할 수 있습니다.

이런 기업이 포항에 있다는 것만으로 긍지를 느낍니다. 포항사람으로서 자화자찬 같지만 이는 분명한 역사적 사실이며 철강이 '산업의 쌀'이란 말을 절감하게 해주는 방증입니다. 이렇듯 포항제철이 만들어낸 파급효과는 실로 엄청났던 것입니다.

이제 포스코는 국영기업도 포항시를 위한 향토기업도 아닙니다. 자본주의 시장경제 속에서 살아남기 위해 기업의 이익창출을 우선으로 추구하며 치열하게 싸우고 있습니다. 하지만 포스코가 처음부터 이 지역사회를 위해 출발한 것은 아닐지라도, 오늘날의 포항이라는 도시 기반이 만들어지는 데 막대한 영향을 끼쳤으며, 이러한 기반을 통해 포항은 다른 지역과는 차별화된 도시경쟁력을 구축하는 노하우를 가지게 되었다고 봅니다.

이것은 포스코가 세계적으로 성공한 기업으로 성장할 수 있게 된 배경과도 일맥상통합니다. 직원들에게 안정적이고 쾌적한 주거환경을 제공하기 위해 녹지공원이 조성된 최고수준의 주거환경을 마련했고, 인재양성을 위한 교육사업, 미래산업을 위한 연구투자기관도 시대를 앞서 만들었습니다. 이러한 기업복지의 모범적인 사례를 실천하는 곳은 아직도 우리나라에서는 드물다고 봅니다. 이러한 기업복지의 행보가 미래의 도시경쟁력으로 성장했다는 사실은 시사하는 바가 큽니다. 포스코가 놀라운 점은 기업의 복지설계가 직원 뿐 아니라 시민 전체의 삶의 질을 높여주고, 궁극적으로 복지국가를 건설한다는 포석에 의해 준비되었다는 것입니다.

또한 그간 수도권 집중화로 인해 상당수의 지역도시들은 소외되었고, 지역의 도시 성장을 위한 기반을 구축하는 데도 상당한 시간이 필요했습니다. 하지만 포항의 경우 이런 흐름 속에서 예외적으로 도시발전의 경험을 이미 체득했고 여러 자산을 확보하고 있습니다. 당시의 포스코나 포스텍이 '포항'이라는 특정 도시의 이름을 내걸었지만 그 누구도 그것이 지방의 기업이고 대학이라고 생각하지는 않습니다. 포항이라는 도시 브랜드는 그렇게 만들어진 것입니다.

우리도 한때 경제적으로 풍요로운 도시 발전을 목표로 삼았습니다. 철강산업이 호황일 때는 경제력만 있으면 삶의 질도 따라서 높아지는 줄 알았습니다. 하지만 세계적인 기업도시들이 경쟁에 밀려 도시 생명력이 생사의 기로에 놓이는 것은 이제 특별한 이야기가 아닙니다. 그렇기 때문에 지속가능한 경쟁력을 가진 도시가 되기 위해서는 삶의 질을 고민하고 생태적인 도시 환경을 구축해야 합니다. 그래야만 우리 도시, 우리 포항이 살아남을 수 있습니다.

포항이라는 도시의 정체성을 묻는다면 여전히 철강도시라는 대답이 우세할 것입니다. 철강도시를 넘어서는 포항이 새로운 도시 브랜드 구축도 필요하지만, 기존의 이미지를 완전히 걷어내기란 쉽지 않아 보입니다. 그리고 이것이 포스코와의 결별을 의미하는 것도 결코 아닙니다. 오늘의 포항을 이해하기 위해서는 포항제철, 즉 포스코를 들여다보지 않으면 안 됩니다. 또한 미래의 포항을 가늠하기 위해서도 포스코와의 공존을 생각하지 않을 수 없습니다.

물론 이것이 포항이라는 철강도시를 탄생시킨 한 기업에 대한 지역사회의 일방적 구애를 의미하는 것은 아닙니다. 지난 40여 년 동안 포항과 포스코는 서로의 입장을 이해하고 상호보완적 관계를 모색하기 위해 여러 시험을 거쳤습니다. 이 과정에는 명암이 엇갈리는 사건도 있었고 예기치 않은 변수도 작용해 반목과 대립의 시기도 있었습니다. 무엇보다도 지금의 포스코는 예전의 포항제철과는 많이 다릅니다. 하지만 앞으로 포항과 포스코는 서로의 공존을 위한 방향 제시와 협력 여하에 따라 미래의 모습이 달라질 것은 분명합니다.

일종의 운명적인 공동체로서 결합된 포항과 포스코는 '영일만의 기적'이라는 지난 산업화 시대의 신화로서 이야기를 끝내버리는 게 아니라 다시 21세기로 이어지는 새로운 도시 모델을 제시함으로서 공동체적 번영을 이끌어내야 할 시점입니다. 지금의 노력에 따라 그 대답이 달라질 수 있습니다.

현재 포항의 경기는 어둡습니다. 지난 IMF 때조차 불황을 모른다는 곳이었지만 지금은 도시성장의 새로운 동력개발이 그 어느 때보다 절실해진 상황입니다. 그렇지만 이 위기를 해결해 줄 수 있는 외부의 구원투수가 우리 앞에 깜짝 선물처럼 등장할 것이라는 기대는 하지 않습니다. 결국 우리 스스로가 답을 알아내어 돌파구를 찾아야 합니다. 이러한 사정은 포스코 역시 마찬가지입니다. 철강산업의 쇠퇴를 극복할 수 있는 새로운 혁신 기술과 신소재 개발에 대한 압박을 느낄테지만 이것이 하루아침에 이루어지는 건 아니니까요.

포항과 포스코가 현명하게 협력하기 위해서는, 포항시민의 역할이 무엇보다 중요합니다. 스스로 질문을 할 줄 아는 사람만이 답을 얻게 되는 것처럼 포항 시민 한 사람 한 사람의 각성과 판단에 따라 미래의 답이 달라집니다. 포항 시민사회의 변화를 촉구하는 것은 어제 오늘의 이야기는 아니지만 이제는 좀 더 실제적인 물음과 행동이 필요할 때입니다.

우리가 처한 위기를 해결해 나가기 위해서는 당면한 문제들에 대해 고민하고, 공론의 장을 펼쳐 공동체가 나아갈 방향을 제시해야 합니다. 그것이 시민의 의무이자 권리입니다. 포항과 포스코, 그리고 포항시민이 이끄는 삼두마차의 미래를 다시 열기 위해서는 이제부터가 시작입니다.

포스코 역사관

미래로 이어지는
기록

포항시 남구 괴동동의 포스코 본사 근처에 위치한 포스코 역사관The POSCO Museum은 개별 기업의 역사관이지만 이것이 단지 포스코라는 기업의 선전과 업적만을 포장하기 위한 공간은 아닙니다. 무엇보다 '역사관'이라는 용어 자체에서 느껴지는 기록의 가치와 중요성을 이곳만큼 잘 드러내는 곳은 전국에서 드물다고 보기에, 이곳의 의미는 더 크게 느껴집니다. 사실 다른 기업들도 자신들의 역사와 비전, 기업문화를 소개하고 싶어도, 역사관이라는 이름에 어울리는 기록자산을 가지고 있지 않아 이러한 공간을 만들 수 없을 것입니다.

철강불모지에서 30여 년이라는 짧은 기간에 세계에서 가장 경쟁력 있는 기업으로 성장한 포스코답게 역사관은 자라나는 세대들의 산 교육장으로 손색이 없습니다. 역사관의 테마 구성도 훌륭하고, 흥미로운 스토리텔링이 돋보이는 기획력도 선보이고 있습니다. 이는 제철소의 건립 당시부터 당시 현장을 기록하고 남기라고 지시한 창업자의 선견지명이 발휘된 부분입니다.

원래 우리 민족은 기록에 대한 가치를 소중히 여겨왔습니다. 하지만 일제시기와 한국전쟁을 통해 상당히 많은 기록 유산을 상실하게 되었습니다. 또한 산업화에 따른 경제성장에 대한 압박과 속도전으로 인해, 기록 자체에 대한 필요성을 인식하지 못한 경우도 많았습니다. 이러한 분위기 속에서도 이곳에 남아있는 기록들은 우리나라 산업화의 한 축을 담당했던 수많은 사람들의 삶의 일부분을 간접적으로라도 느낄 수 있어, 이야기의 저장소와도 같은 곳입니다.

우리가 이런 기록과 기억들을 찬찬히 들여다봐야하는 이유는 이런 것들로부터 배우게 되는 그 무엇이 있기 때문입니다. 기록을 공유한다는 것은, 앞서 경험한 이들이 남긴 기억에 나를 더해 우리가 가지고 있는 경험을 더욱 풍성하게 해줍니다. 이러한 풍성함은 다른 무언가를 결정할 때 큰 힘을 발휘합니다. 흔히 역사를 모르는 국민은 미래가 없다는 것도, 이와 비슷한 맥락으로 이해할 수 있을 것입니다.

기록과 기억들을 찬찬히 들여다봐야하는 이유는 이런 것들로부터 배우게 되는 그 무엇이 있기 때문입니다. 기록을 공유한다는 것은, 앞서 경험한 이들이 남긴 기억에 나을 더해 우리가 가지고 있는 경험을 더욱 풍성하게 해줍니다. 이러한 풍성함은 다른 무언가를 결정할 때 큰 힘을 발휘합니다.

2층 전시장에 들어서면 인류문명의 폭발적 발전기라 할 수 있는 철기시대 유물로 이야기는 시작됩니다. 최근 포항이라는 도시의 스토리텔링을 위해 빠지지 않고 서술되는 연오랑과 세오녀의 이야기나 고대 제철소의 흔적들에 대한 고고학적 고증을 위해 노력하는 것도 생각해보면 기록을 통해 포항의 정체성을 뒷받침하려는 의도가 반영된 것이라고 봅니다. 또한 이것은 우리가 도시라는 하드웨어를 만들면서 소홀히 한 소프트웨어를 축적하려는 노력으로도 이해할 수 있을 것입니다. 시·청각적 자료 전달 외에도 포스코 건설현장의 생동감을 전달하기 위해 마련된 체험관은 우리의 상상력을 유발시키는 감각적인 체험을 통해, 기록들을 전달하려는 의지를 느끼게 해줍니다.

개인적으로 제가 이곳 전시장에서 가장 인상 깊었던 곳은, 당시 제철소 건설현장에 세워졌던 사무소를 아예 통째로 전시장 내부로 옮겨 설치한 공간입니다. 일명 '롬멜하우스'라고 일컫는 이 건물은 2차 세계대전 당시 '사막의 여우'라 불린 에르빈 롬멜 장군Erwin Rommel, 1891~1944의 명성을 빌려 붙여진 것입니다. 박태준 선생은 평소 롬멜 장군을 존경했는지도 모릅니다. 패전국의 비극적인 장군이지만 영국 병사들은 적장인 롬멜이 현장을 지키며 부하들과 생사고락을 함께한 점을 높이 평가했습니다. 적군에게도 경외의 대상이 될 정도로 '군인의 본보기'로 평가받았던 인물입니다.

당시 롬멜 장군이 활동하던 북아프리카의 사막이나, 송정동의 모래사장은 각자 조국의 운명을 결정짓는 중대한 일전을 벌이는 전장이라는 점에서 일맥상통

합니다. 사막과도 같았던 송정동 모래사장의 황량한 분위기를 닮은 허름한 2층 목조 슬레이트 건물을 지휘소로 삼아 영일만에 배수진을 치고 모래밥을 먹어가며 죽기를 각오하고 싸우는 임·직원들의 모습은, 적군과 목숨을 걸고 싸우는 군인정신과 다를 바 없었습니다. 제철소 건설이 실패할 경우 영일만 바다에 빠져 죽어야 한다는 '우향우 정신'이라는 혹독한 각오로 일했다는 것은 지금도 유명한 이야기입니다. 오늘날 사진으로나마 그들의 얼굴을 들여다보고 있으면 우리의 얼굴과 비슷하지만 달라보입니다. 단 한치의 흔들림 없이 감탄할만한 인내력과 집중력으로 만들어낸 산업단지가 이들에게는 도대체 어떤 의미였는지, 그것을 이루어냈을 때 또 어떤 마음이었는지 어렴풋이 느껴지기 때문입니다.

전시장의 마지막은 글로벌 기업답게 현재 세계에서 일하고 있는 직원들의 얼굴을 전시하는 공간이 있습니다. 이름을 입력하면 그가 세계 어디에서 일하고 있는지를 영상으로 보여줍니다. 기업 입장에서는 직원들의 회사에 대한 결속력과 단결심을 강화하기 위해 이러한 전시 부스를 마련했을테지만, 기업의 무분별한 이기심으로만 느껴지지는 않습니다.

사실 경연진과 운영구조가 바뀌고 수출저하나 내수시장의 침체로 포스코가 심각한 구조조정으로 몸살을 앓고 있지만 그래도 그간의 기업문화가 아예 없어지지는 않았을 것입니다. 포스코의 광고 중 '소리없이 세상을 움직인다'는 카피가 인상깊었던 것은, 포스코라는 기업의 행보가 지역 사회를 통해 반영되고 실감할 수 있었기 때문에 이와 같은 공감이 가능했을 것입니다.

 도시는 끊임없이 변화하는 속성을 가진 생태공간입니다. 그 내부에는 사람들이 살아가고 있으며, 자신의 일생을 통해 이루고자 하는 것들을 위해 노력합니다. 도시는 절대적인 유효기간이 있는 것도 아니며, 사회구성원의 욕망에 따라 그 흥망성쇠가 결정된다고 봅니다. 물론 오늘날의 도시 내부는 한층 복잡하고 다원화되어 있어, 누구도 쉽게 예측할 수 없는 비동기적 발상의 사건들을 일어납니다.

 그래서 도시의 속성을 반영하는 건축물을 통해, 생태리듬을 읽고 이해하고, 또 그 건축물 자체로 도시의 속성을 표현하는 것은 충분히 매력적인 일이다. 한때 건축지망생이었던 저에게는 포스코역사관이라는 건축물 자체가 하나의 예술이자 문화로 받아들여집니다. 하지만 이러한 배경을 잠시 제쳐두더라도 어떤 공간에 위치한 특정한 건축물들이 우리 지역사회를 형상화하는 중요한 지표인 점은 분명합니다.

 십여 년 전부터 세계적인 도시발전의 사례를 벤치마킹해야 한다는 이야기가 자주 나오고 있습니다. 말이 벤치마킹이지 성공사례를 대놓고 흉내내자는 것인데, 막상 해외 도시사례를 우리 지역에 적용하려면 문제가 발생합니다. 왜냐하면 그런 도시의 작은 건물조차 어느 날 갑자기 세워진 것이 아니기 때문입니다. 건축물 하나에도 그 유래와 동기가 되는 맥락과 관계설정이 있습니다. 이러한 배경을 무시하고 외형만을 빌려놓는다고 해서 그 건축물이나 구조물이 설득력이 생기거나 매력적으로 보이지 않습니다.

한편 디자인을 통해 도시의 얼굴을 바꾼다는 것은, 도시의 삶을 어떻게 바꿀 것이냐는 목표가 있어야 합니다. 중잉상가 실개천 조성사업을 필두로 동빈내항의 주변 경관이나 도심의 거리를 새롭게 조성하는 공공사업이 많아지고 있습니다. 앞으로 '연오랑 세오녀' 테마단지가 완성될 것이고 기존 공간을 다르게 바꾸는 일도 빈번해질 것입니다. 하지만 도시를 새롭게 디자인하는 것은 외관의 변화만 가지고 할 수 있는 일은 아닙니다. 여기에는 도시의 비전을 제시하는 소프트웨어가 있어야 합니다. 포항이라는 도시의 과거를 부정하지도 잊어버리지도 말고, 시간의 산물과 증거가 뒷받침된 도시적 맥락이 담긴 이야기가 있어야 합니다.

문제는 소프트웨어라는 게 벤치마킹만으로 해결될 성질이 아니라는 것입니다. 이를테면 아무리 멋진 남의 옷을 빌려 입는다고 해서, 입는 사람의 체형에 따라 옷의 맵시가 달라지기에 같은 멋을 느낄 수는 없습니다. 자신의 신체구조의 특성이나 개성을 알아보지도 못한 채 남의 것이 좋아서 흉내내는 것은 도시라는 생태 공간의 이질감이나 단절감을 조성할 뿐입니다.

현대도시의 미래를 설계하기 위해서는 옛 도시의 추억과 기억을 절대 버리지 말아야 합니다. 가뜩이나 우리에게는 남아있는 기억조차 드문 상황이니까요. 그 기억을 되살리고, 새로운 감각들을 더하고, 보듬어 안아야만 우리 도시의 생명력이 새롭게 되살아날 수 있을 것입니다. 어쩔 수 없는 도시의 냉랭함을 극복하기 위해 도심의 도로가 아닌 공원과 산책로가 필요합니다. 최근 생겨나는 도시의 건축물과 조경은 이러한 목마름을 반영합니다.

하지만 도시의 기억과는 무관한 건축물이나 구조물, 도시 내부의 구성원들이 이해하지 못하는 도시 디자인도 도처에 있습니다. 물론 이 허영의 내부에는 좌절된 예술의 욕망도 교묘하게 연결되어 있습니다. 도시 성장과 함께 우후죽순 늘어나는 건축물과 구조물들이 품고 있는 수단적 가치는 일맥상통하고 있기 때문입니다. 이것의 희생양이 되는 것은 결국 이 도시에서 살아가야 하는 우리 자신 아니겠습니까!

청암 박태준 조각상

강철거인
교육위인

2011년 12월, 포스텍 개교 25주년을 맞이해 캠퍼스 내 '노벨동산'이라는 곳에 청암 박태준 선생青岩 朴泰俊, 1927 ~ 2011의 조각상 제막식이 진행되었습니다. 이 조각상은 포스텍과 포스코의 임·직원 및 퇴직자, 그리고 포항시민 등 21,973명의 성금으로 제작된 것입니다. 저 역시 포항 시민의 한 사람으로 이 조각상 건립에 작은 성의를 보탰습니다. 하지만 이 행사에 참여하시기로 한 청암 선생은 병환이 깊어 참석하지 못하셨고, 이내 향년 84세의 나이로 눈을 감으셨습니다. 이 조각상 아래 판석에는 다음과 같은 글귀가 적혀 있습니다.

"짧은 인생을 영원 조국에, 이 신념의 나침반을 따라 헤쳐 나아간 청암 박태준 선생의 일생은 제철보국 교육보국 사상을 실현하는 길이었으니, 제철보국은 철강 불모지에 포스코를 세워 세계 일류 철강기업으로 성장시킴으로써 조국 근대화의 견인차가 되고, 교육보국은 14개 유·초·중·고교를 세워 수많은 인재를 양성하고 마침내 한국 최초 연구 중심대학 포스텍을 세워 세계적 명문대학으로 육성함으로써 이 나라 교육의 새 지평을 여는 횃불이 되었다. 이에 포스텍 개교 25주년을 맞아 포스텍 가족과 포항시민이 선생의 그 숭고한 정신과 탁월한 위업을 길이 기리고 받들기 위하여 여기 노벨동산에 삼가 전신상을 모신다."

(2011년 12월 2일, 청암 박태준 설립자 조각상 건립위원회,
글은 이대환 짓고 글씨는 솔뫼 정현식 쓰다)

그리고 국립 현충원에 안치된 청암 선생의 묘비에 작가 조정래 선생은 이렇게 썼습니다.

"20대에 '짧은 일생을 영원 조국에'란 인생 좌표를 세우고, 포스코로 '제철보국'을, 유치원·초·중·고·포항공대까지 설립해 '교육보국'의 이상을 실현시킨 당신은 이 땅의 경제의 아버지, 교육의 신개척자. 한 점 사리사욕 없이 나라 위해 일평생을 바친 당신은 조국의 일꾼이며 민족의 위인이시다."

(2011년 12월 17일 조정래 짓다)

소설가 조정래 씨는 서울 동작구 국립 현충원 현충관의 영결식에서 고 박태준 포스코 명예회장을 그렇게 칭송했습니다. 조정래가 누구인가요. 대하소설 『태백산맥』을 통해 한국 현대사에서 좌파의 역할을 세상에 알렸고, 『허수아비의 춤』에선 재벌을 질타했으며, 민족문학작가회의 고문을 지내 진보좌파의 좌장으로 여겨지는 인사입니다. 그런 그가 우익·보수의 상징이라고 할 수도 있는 청암선생의 장례부위원장을 맡았고 눈물을 쏟으며 조문(弔文)도 읽어내려갔습니다.

포항이라는 도시는 청암 선생을 통해 유형적 자산을 얻은 것 이상으로 무형적 자산을 가지고 있다는 것을 인식했으면 합니다. 하지만 이 무형적 자산은 실체가 쉽게 보이지 않기 때문에 우리는 이것을 쉽게 간과할 수도 있습니다.

저는 역사가도 아니고 평소 선생을 옆에서 지켜본 사람도 아닙니다. 그저 포항시민의 한 사람으로서 그간 책이나 매체 등에서 선생의 생각들을 읽고 주위에서 들었던 내용을 통해 선생의 뜻을 가늠해볼 수밖에 없습니다. 그럼에도 불구하고 지금 청암 선생의 이야기를 꺼내는 것은 그의 이름 앞에 붙게 되는 영웅이나 거인으로서의 수식어를 하나 더 보태려고 하는 건 아닙니다. 다만 제 개인적으로 생각했을 때 적어도 지난 반세기뿐 아니라 앞으로도 우리가 쉽게 만날 수 없는 진정한 애국자이며 선각자로 선생을 생각하고 있기 때문입니다. 생전에 아무리 훌륭했다 하더라도, 사후까지 이념과, 계층을 떠나 존경하고, 애도하는 것이 흔한 일이겠습니까?

그가 남긴 수많은 어록들이 단순히 주변 호사가들이 꾸민 말이 아니라는 것을 이곳 포항을 찬찬히 살펴보면 알게 될 것입니다. 위의 판석의 내용대로 포항이라는 도시 곳곳에 그가 행한 행적을 따라갈 수 있습니다. 시대적 요구, 혹은 본인의 사명감 때문에 순교자 같은 희생의 삶을 살 수밖에 없었음에도 불구하고, 본인 스스로가 원칙을 지키며 실천한 그의 삶을 이 도시는 후세 사람들에게 인식시켜야 하는 책임이 있다고 봅니다. 물론 이것이 선생의 명성에 기대려는 속물근성이라고 할 수도 있을 것이고 '옛날이 좋았다'는 청승맞은 신세타령으로 볼 수도 있을 것입니다. 다 좋습니다. 그렇다고 칩시다. 그렇다고 한들, 선생만큼 가치 있는 삶을 산 사람이 드물다는 것을 부정할 수 있는 사람이 있을까요?

포항이라는 도시는 청암 선생을 통해 유형적 자산을 얻은 것 이상으로 무형적 자산을 가지고 있다는 것을 인식했으면 합니다. 하지만 이 무형적 자산은 실체가 쉽게 보이지 않기 때문에 우리는 이것을 쉽게 간과할 수도 있습니다.

"이십 년 전 오늘, 나는 포항의 이 언덕에 칼텍California Institute of Technology, 캘리포니아 공과대학교과 같은 대학을 세우려는 원대한 포부와 이상을 품고 있었다. 그것이 제철보국에 의한 교육보국의 길이며, 기업의 사회적 공헌을 가장 훌륭하게 실천하는 길이라고 확신했다."

그래서 선생은 포스텍Pohang University Of Science And Technology, 포항공과대학교을 세우고 인재양성을 위한 백년대계의 초석을 놓았습니다. 제철과 교육은 다른 분야라 생각할 수 있지만 선각자의 시선에서는 이것이 나라의 토대이자 기반이 된다는 점에서 일맥상통한다고 판단하셨겠지요. 선생뿐 아니라 그의 뜻에 동참한 많은 사람들의 시선은 다가올 미래에 대한 기대를 안고 있었을 것입니다. 변화의 희망으로 자신의 오늘을 온전히 바칠 수 있는 희생이 당연하다는 시대적 배경도 크게 작용했을 겁니다.

그런 세대의 흔적을 눈 앞에서 확인하는 것은 어떤 면에서는 부끄럽고 안타까운 마음이 생길 수 있습니다. 그들이 기대했던 세상의 모습이 지금의 모습이라고는 생각하지 않으니까요. 물론 시대적 사명감을 가지고 태어난 세대에 비해, 오늘의 세대가 훨씬 초라하고 가벼워 보이는 것은 개인의 능력이 부족해서만은 아니라고 얘기하고 싶지만, 그런 말이 쉽게 나오지는 않습니다.

역사의 반대말은 신화가 아니라 망각이라고 합니다. 선생의 행보를 산업화의 신화로 이해할 수도 있겠지만 그가 흘렸던 눈물과 간직했던 마음을 끝내 헤아리지 못한다면 이것은 그가 겪었을 인간적 고뇌와 성찰을 간과하는 것이라고 봅니다. 그는 시대적 난관과 어려움에 대해 끊임없이 고민하고 답을 구하고자 한 우리 시대의 선구자입니다. 그가 시대적 사명으로 짊어지려 했던 그 과정 자체가 우리가 그로부터 물려받을 수 있는 가장 큰 무형적 자산입니다. 그런 자산을 과거의 신화로만 바라보게 된다면 그로부터 찾을 수 있는 더 귀한 자산을 잃어버리는 오류에 빠지고 맙니다.

포스텍의 노벨동산에서 걸음을 옮겨 효자아트홀에서 시작하는 청송대로 가는, 길지 않은 산책로를 다시 걷습니다. 이 길을 걸을 때마다 앞서 이 길을 걸어갔을 선생을 떠올리게 됩니다. 뜻하지 않은 오솔길을 돌아 새로운 진입로에 들어섭니다. 이 길 역시 포항 시민 한 사람 한 사람의 각성을 위해 선생은 마련해 놓으셨을 것 같습니다.

포항의
미래명소

In the image: ← 1 동대구·부전ᵇ To Dongdaegu·Bujeon | 東
손전행 무궁화 1943
16:13
─원동─삼랑진─한림정─진영

KTX포항역사

미래포항의
출발점

'서울발 KTX열차가 OO번 플랫폼으로 들어오고 있습니다.'

포항을 비롯한 경북·동해안 주민들이 바라고 바라던 오랜 숙원이었던 서울-포항 간 고속철도(KTX)가 2014년 말 개통을 앞두고 있습니다. 나아가 그 열차를 맞아들일 포항 신역사 건립을 위한 공사가 드디어 2013년 10월 4일 시작됐습니다. 그리고 보니 흥해읍 달전리 일원에 새롭게 들어설 웅장한 포항신역사 내 플랫폼에서 KTX열차의 출발과 도착을 알리는 역무원의 안내방송을 포항시민들이 듣게 될 날도 이제 얼마 남지 않았습니다.

사실 제게 있어 이번에 착공되는 KTX 포항 신역사는 매우 색다른 의미와 느낌으로 다가옵니다. 이유인즉슨, 새로운 역 건물을 뜻하는 '신역사新驛舍'라는 한자 단어가 신기하게도 제게는 새로운 역사를 뜻하는 '신역사新歷史'로 자꾸만 읽혀지기 때문입니다. 즉 KTX 개통을 계기로, 포항을 비롯한 경북·동해안은 새로운 시대의 도래와 함께 새로운 역사가 분명하게 열릴 것 같은 생각이 뇌리를 스치기 때문입니다.

포항은 연간 1천만 명 이상의 국내외 관광객이 찾고 있습니다. 관광산업은 정보통신산업, 환경산업과 함께 미래의 3대 성장산업으로 분류되고 있습니다. 또한 단일 산업으로는 성장잠재력이 가장 큰 고부가가치 산업으로 세계적으로도 평가받고 있는 상황입니다. 하지만 우리의 현실을 들여다보면 이런 관광산업의 전망이 그리 핑크빛만은 아닙니다.

포항테크노파크 정책연구소의 보고서POCUS Briefing, vol. 12, 2012에 따르면 전국 16개시·도 가운데 경북의 가족여행객 만족순위가 4위이며, 5점 만점 기준으로 전국 평균 만족도인 4.01점보다 낮은 3.98점으로 나타났습니다. 항복별 만족도를 살펴보면 자연경관(4.40), 문화유산(4.26), 교통(3.87), 쇼핑(3.58)은 전국의 평균 만족도보다 높으나, 다른 9개 항목에서는 평균을 밑돌고 있습니다. 특히 숙박시설(12위), 식당 및 음식(10위), 편의시설(12위), 주민친절성(10위), 청결 및 위생 수준(11위), 물가(13위) 등 10위 권 밖에 있는 지표들을 보면 관광산업의 기본인프라와 서비스가 꽤 부족하다는 게 보입니다.

그런데 포항과 인접한 다섯 개 지역(포항, 경주, 영덕, 울진, 울릉)을 놓고 보면 포항의 죽도시장, 해맞이 광장, 월포해수욕장 등에 방문한 비중이 상당히 높다는 것을 알 수 있습니다. 다시 말해 경북이 낮은 점수를 받은 데에는 포항의 관광객 설문이 한 몫 했습니다. 현재 포항의 관광자산이 아주 미흡하다고는 볼 수 없지만 경주의 보문단지와 울릉도의 나리야영장이 매우 높은 점수를 받은 것이 반해, 낮은 점수를 받았다는 것은 부끄러운 일입니다.

경주와 울릉도, 포항의 자산을 가지고도 평균만족도가 전국 평균보다 밑도는 것에 대해서는 경각심을 가질 필요가 있습니다. 여행지에 대한 인상은 당사자에게서 끝나는 것이 아니라, 다시 그 사람들이 돌아가서 주변 사람들에게 말해주는 파급력이 더 크다고 보기 때문입니다. 한마디로 '입소문'이 무서운 것이지요. 우리는 오히려 다른 곳의 상황에 귀 기울이기보다는 우리 포항을 더 살펴보고 내실을 다지는데 힘써야 할 것입니다. 포항을 가보고 싶은 곳으로 만들어보자는 제안입니다.

포항은 미래성장산업인 관광산업에 소홀했던 것은 분명한 사실입니다. 포항은 그간 포스코라는 굴지의 산업시설과 주변 첨단연구시설, 그리고 포스텍과 한동대 등 유수한 대학교 등으로 연간 4백만 명 이상의 유동인구가 왕래하는 명실상부한 산업도시로 확고한 이미지를 굳혀 왔습니다. 그럼에도 불구하고 국토의 동남부에 치우친 환경적 영향으로, 국내 다른 도시들과 이어지는 교통망에서 상대적으로 소외된 '교통의 오지'라는 오명을 감수해야 했습니다. 결국 국내 제일의 산업도시라는 명성에 어울리지 않는 불편한 교통망은 접근성을 떨어뜨려 관광산업의 저해요소로 작용했습니다.

하지만 서울−포항 간 KTX가 개통되면 포항은 더 이상 교통의 오지가 아닙니다. 그리고 이것은 단지 지역과 지역 간의 물리적 거리를 좁히고, 교통의 편리함이 향상되었다는 의미만을 가지고 있지는 않습니다.

우선 높아진 접근성을 통해 관광산업의 기본적인 인프라 중에 하나는 확보됩니다. 물론 길만 탄탄대로라고 해서 포항이라는 도시의 관광지수가 갑자기 올라가는 것은 아닙니다. 하지만 우리가 지닌 관광자원이 그 진가를 발휘할 수 있는 기회가 생긴 것입니다. 긍정적으로 생각한다면 관광산업이 발달할 수 있는 잠재지수가 그만큼 높아진 셈입니다.

하지만 이러한 관광산업이 과거의 개발논리로 시행착오를 반복해서는 안 됩니다. 개성이라고는 찾아보기 힘든 숙박시설을 짓고, 이미 다른 지역에서 시도했던 엇비슷한 테마파크나 축제를 만든다고 해서 포항이라는 도시의 장점이 살아날 수 없습니다. 사람들의 소비수준과 눈높이를 감안한다면, 포항이 관광산업에는 후발주자인만큼 좀 더 파격적인 문화적 가치 접목이 있어야 하고 창의적인 미적 감각이 뒷받침되어야 할 것입니다. 특히 포항은 바다를 비롯해 산과 하천이 두루 갖추어진 곳입니다. 이곳에 이제까지 접해보지 못한 문화예술적 체험이 연계되면서 현대인들이 중시하는 '엣지', 즉 멋을 살릴 수 있다면 이 모든 것이 가능한 현실이 될 것입니다.

그렇기 때문에 지금의 포항은 가장 중차대한 전환점을 맞이하고 있습니다. 도시의 새로운 성장 동력에 대한 답은 누구나 알고 있지만, 이것을 창의적이고 현명하게 실행할 수 있는 사람이 필요한 때입니다.

또한 이번 KTX 개통이 포항의 잠재적 성장동력이 될 것이라고 기대하는 이유는 바로 포항이 국내 최적의 물류허브 도시로 거듭날 계기를 맞이했기 때문입니다. 즉, KTX 개통과 더불어 이미 상당히 진행 중인 동해중부선(포항-삼척), 동해남부선(포항-울산) 그리고 영일신항만을 잇는 인입철도 개통이 더욱 순조롭게 진행된다면 포항은 명실공이 전국 대부분의 도시를 잇는 철도인프라를 완벽하게 구축하게 됩니다.

게다가 영일신항만을 통한 미국, 일본, 러시아, 중국 등 환태평양 연안 국가들과의 해상로까지 추가로 확보되면 바야흐로 환태평양시대 국제물류 허브도시를 꿈꾸는 포항의 미래는 한 발 더 현실에 가까워질 것이 확실합니다.

편리함과 신속함을 뛰어넘어 KTX 열차의 운행을 도시발전과 연계하고 보다 활성화시켜 이를 미래 지역발전의 새로운 전환점으로 어떻게 삼을 지에 대한 시민들의 구체적인 고민이 필요합니다.

따라서 이런 차원에서 영일신항만을 중심으로 주변 지역에 대규모 물류서비스가 가능한 대단위 물류단지 조성을 신중히 검토해 볼 필요가 있지 않은가라는 생각도 해봅니다.

이번 포항신역사 건립 공사 착공으로, 서울–포항 간 KTX 개통은 바로 코앞 현실로 다가왔음을 포항시민들 모두가 피부로 느낄 것입니다. 이와 동시에 단순히 계량적으로 시간과 거리가 짧아진 것에 대한 편리함과 신속함을 뛰어넘어 KTX열차의 운행을 도시발전과 연계하고 이를 어떻게 미래 지역발전의 새로운 전환점으로 삼을지 시민들의 구체적인 고민이 필요합니다.

'포항발 서울행 KTX가 곧 출발 하겠습니다~'

여하튼 KTX 신역사 착공으로 우리 포항을 비롯한 경북·동해안은 새로운 도약을 위한 출발점에 서 있는 것만은 틀림없어 보입니다. 지금 당장 준비를 해야 하지 않을까요? 모두 머리를 맞대고 새 시대를 맞을 준비에 심혈을 기울여야 할 때입니다.

※이 글은 [경북일보](2013.10.08)에 게재된 칼럼을 일부 수정, 보완해 다시 게재하는 것입니다.

지곡테크노밸리

추격자에서
개척자로

얼마 전 포항시민을 상대로 설문조사를 실시한 결과, 절반 가까이가 포항의 바람직한 미래상으로 해양문화관광도시를 꼽았습니다. 다음으로 쾌적한 전원도시(28.1%) 그리고 첨단과학도시(25.6%) 순으로 나타났습니다. 이는 시민들이 동해안에 위치한 포항의 입지조건을 최대한 살리고, 문화예술을 활성화시켜 포항의 새로운 성장동력으로 삼아야 한다는 염원을 간접적으로 보여준 사례라 하겠습니다. 문화적 가치가 미래사회를 이끌 새로운 경제요소로 주목받고 있는 시대적 현실을 반영한 지극히 당연한 결과입니다.

그런데 비록 조사순위에서 세 번째로 나타나긴 했지만 첨단과학도시는 결코 포항의 미래상을 그리는데 소홀히 할 수 있는 항목이 아닙니다. 사실 포항이 국내 최고의 연구개발 역량을 보유하고 있다는 것은 자랑이자 사실입니다. 이른바 한국의 실리콘밸리를 지향하는 '지곡테크노밸리'가 있기 때문입니다.

지곡테크노밸리는 설립 50년 미만 대학 중 세계 1위를 차지한 포스텍을 비롯하여 포항산업과학연구원(RIST), 포항가속기연구소, 포스텍 생명과학연구센터, 나노기술집적센터, 한국로봇융합연구원, 포항금속소재산업진흥원, 아태물리이론센터, 포항테크노파크 등에 3천여 명의 석·박사급을 보유한 국내 최고 수준의 인적 인프라를 갖추고 있습니다.

또한 지난 2011년에는 노벨상 수상자만 32명을 배출해 '노벨상 사관학교'로 불리는 세계적인 기초과학연구소 막스플랑크연구소가 해외 분소로는 두 번째로 포스텍에 들어섰습니다.

게다가 최근에는 4세대 방사광가속기가 2014년 완공 목표로 미국, 일본에 이어 세계 세 번째로 건립될 예정입니다. 방사광가속기는 육안으로는 볼 수 없는 미시의 세계를 태양빛의 수백만 배, 수억 배의 밝기를 통해 볼 수 있는 도구입니다. 이를테면 초대형, 최첨단 현미경이라고 할 수 있습니다. 현재 건립 중인 4세대 가속기가 완성되면 현재의 기술로는 보지 못하고 있는 세포의 움직임, 식물의 광합성, 물 분자의 변화 등을 볼 수 있게 되는데, 이것이 기초과학이나 의학뿐 아니라 반도체, 신소재 등의 산업에도 급격한 기술진화를 가져올 전망입니다.

포스텍에서부터 지곡테크노밸리에 이르기까지 '첨단과학 두시'라는 포항의 미래상은 하루아침에 형성된 것은 아닙니다. 막연하지만 포항에서 느꼈던 것, 그리고 앞으로 이렇게 되었으면 하는 기대들이 나타난 결과겠지요.

하지만 이러한 연구개발 역량에도 불구하고, 아직 지곡테크노밸리는 한국의 실리콘밸리라는 이상향에 걸맞지 않게 연구 성과를 비즈니스로 연결시켜 성공한 사례가 많지 않은 것은 아쉬움으로 남습니다.

스탠퍼드대학교 보고서에 따르면 1930년대 이후 실리콘밸리의 주축인 스탠퍼드대 출신이 운영하는 기업이 3만9900개, 이들 기업이 만들어낸 일자리만 540만 개에 이릅니다. 스탠퍼드대 동문 기업의 연매출을 합한 금액은 2조7000억 달러(약 3000조 원)로 한국 국내총생산(GDP) 1조1600억 달러의 2배가 넘고, 프랑스 GDP(2조7120억 달러)와 맞먹습니다. 실리콘밸리의 규모와 성과가 어느 정도인지를 짐작케하고도 남을 대목입니다.

그에 비해 포항테크노파크, 포스텍 창업보육센터, RIST 창업보육센터 등 지곡테크노밸리 주변 기관에는 불과 80여 벤처기업만 입주해 있는 실정이고 성공 사례도 아직은 드뭅니다. 그렇다면 지곡테크노밸리가 진정한 한국의 실리콘밸리로 도약하기 위해서는 어떻게 해야 할까요?

먼저 실패를 두려워하지 않고 도전을 장려하는 문화를 조성하고, 체계적인 창업지원 인프라를 구축해 나갈 필요가 있습니다. 여기서 포스텍에 비즈니스스쿨 과정을 신설하면 어떨까 하는 제안을 해볼 수 있겠습니다.

궁극적으로 지곡테크노밸리가 이제는 추격자Fast Follower에서 개척자First Mover로, 연구개발R&D에서 사업화 연계 기술개발R&BD: Research and Business Development로 그 패러다임을 과감히 전환하고 지역 경제 및 창업을 활성화해 사회공헌에 이바지할 수 있는 존재감을 드러내야 할 때라고 봅니다.

그러기 위해서는 부가적인 노력도 필요합니다. 사실 포항시민뿐 아니라 타 지역민들에게 지곡테크노밸리에 대한 인지도는 상당히 떨어집니다. 일차적으로는 과학분야에 대한 일반인들의 이해가 부족하긴 하지만, 입시 위주의 교육 환경으로 청소년마저 기초분야에 대한 관심을 멀어진 것은 국가의 미래를 보았을 때 매우 심각한 일입니다. 지금 지곡테크노밸리에서 내다보는 미래과학의 변화를 시민들이 인식하게 되고, 특히 자라나는 세대들이 알게 된다면 과학분야의 장기적인 행보에 큰 지지층을 확보할 수 있으리라 봅니다.

한편으로는 이러한 지곡테크노밸리의 인지도 확산이 지역 산업화의 다양성 확보라는 경제 동력으로만 한정되지는 않을 것 같습니다. 과학기술과 인문사회의 만남이나 문화예술의 교류를 통한 과학문화의 저변 확대가 지곡테크노밸리를 통해 융합콘텐츠를 생산하고 공유할 수 있는 장이 확대될 수 있으리라 보기 때문입니다.

포스텍에서부터 지곡테크노밸리에 이르기까지 '첨단과학도시'라는 포항의 미래상은 하루아침에 형성된 것은 아닙니다. 막연하지만 포항에서 느꼈던 것, 그리고 앞으로 이렇게 되었으면 하는 기대들이 나타난 결과겠지요. 그렇기에 이제는 구체적인 포항의 미래상을 위해서 포항시민들 모두가 지곡테크노밸리를 포항의 미래성장동력으로 자리할 수 있게끔 힘을 모아야 할 때입니다.

포항중앙도서관

인간중심적인
설계가 가능하다

지금은 가히 '문화의 시대'라 할만큼 문화에 대한 국민적 관심이 높아졌습니다. 각 지자체는 물론이고 국가차원의 정책추진과제에서 문화가 차지하는 비중이 날로 높아지고 있는 것에서 알 수 있듯이, 앞으로의 국가경쟁력은 바로 문화의 힘에서 나온다고 해도 과언이 아닙니다.

이런 점에서 일찍이 문화의 힘을 강조한 백범 김구 선생의 탁월한 식견에 새삼 놀라지 않을 수 없습니다. 힘없는 식민지 백성으로써 처절한 억압과 차별을 견뎌왔던 우리 민족의 입장에서는 무엇보다 군사력을 바탕으로 한 국가의 물리적 힘이 절실했습니다. 하지만 당시 민족지도자였던 김구 선생은 국가의 군사력은 다른 나라로부터 우리를 지킬 수 있을 만큼만 있으면 되고, 오히려 우리나라가 한없는 문화의 힘을 가진 문화대국이 되기를 소원했습니다. 유구한 역사와 찬란한 문화를 지닌 겨레의 지도자다운 면모를 엿볼 수 있는 대목이라 하겠습니다.

문화는 개인적인 소유를 넘어 함께 누려야지만 그 가치를 극대화할 수 있는 속성을 가지고 있습니다. 그리고 사회 구성원들은 문화를 누릴 수 있는 '문화향유권'을 저마다 지니고 있습니다. 이러한 개인적 권리인 문화향유권이 다양하고 풍성하게 보장될 수 있도록 노력하는 것이 백범 선생이 말한 문화강국에 이르는 길이었습니다. 따라서 지자체 및 국가는 개인의 문화향유권을 정책적으로 보장해줘야 할 의무가 있습니다. 그리고 문화향유권 보장을 위해서는 문화시설 보급, 즉 문화인프라 확충이 선행되어야 합니다.

저는 다양한 문화시설 가운데 특히 도서관이 지역문화에 미치는 역할에 대한 관심이 높습니다. 도서관이라는 곳이 책을 읽고 빌려주는 기능적 공간이기보다는, 우리 각자의 집보다도 편안하고 아름다운 '시민의 집'으로 그려지기를 희망합니다.

현재 포항에는 시청 건물에 자리 잡은 '대잠도서관'을 비롯한 네 곳의 시립도서관과 연인원 23만 명이 이용하는 34곳의 마을단위 작은 도서관이 있습니다. 또한 시청 구청사가 있던 자리에는 오는 2015년 완공을 목표로 중앙도서관 'Trinity Nest'의 신축공사가 한창입니다. 총사업비 240억 원이 소요되어, 지하1층 지상4층 규모로 지어지고 있는 이 도서관은, 전국 공모전을 통해 선정한 건축 디자인으로 향후 포항의 랜드마크 또는 새로운 아이콘으로 떠오를 수 있을 것이라는 기대를 받고 있는 곳입니다. Trinity Nest는 '사람, 문화 그리고 도시를 품는 둥지'라는 의미로, 미래복합형 복합문화센터로서의 위상을 지니게 될 것이라는군요.

저는 우리가 알고 있는 기존의 도서관에서 벗어난 어떤 독특한 미래 공간으로 이곳을 상상해 보고자 합니다. 기본적으로 도서관은 늦은 밤에도 입장이 가능할 수 있게끔 서고의 이용시간이 충분히 연장되었으면 합니다. 하다못해 일주일에 하루, 이틀 정도는 직장인을 배려해 야간에도 도서관의 문이 열려있으면 좋겠습니다. 확 트인 광장과 같은 중앙 진입로가 있어야 할 것이고 서고의 천장은 꼭 높게 확보되어야 합니다. 절대적으로 서고의 천장은 일반 사무실의 높이보다는 높

아야겠지요. 무엇보다 이러한 공간에 어울리는 서적과 정보가 저장되어 있어야 하고, 그 정보의 색인이 세세하게 적용되어야 합니다. 적어도 책의 목차 정도는 확인할 수 있어야 하고, 주제어를 통한 편리한 검색시스템이 필요합니다.

여기에 전체적인 서고의 동선과 인테리어 등은 세련되면서도 뛰어난 미적 감각이 발휘되어야 합니다. 일률적인 책장의 크기나 배치, 공간의 구획보다는 일종의 파격적인 시도도 가능하리라 생각합니다. 따지고 보면 도서관은 책을 전시하는 곳이기도 합니다. 대형마트나 백화점의 쇼윈도처럼, 책에 대한 그럴듯한 전시가 이루어져야 합니다. 일종의 지적 허영이라 하더라도 신간을 소개한다거나 고전의 가치를 돋보이게 하는, 시민들에게 추천할 만한 책의 가치를 높일 수 있는 새로운 접근법이 필요한 것입니다.

사람들이 기꺼운 마음으로 극장이나 미술관을 찾아가는 것처럼 이 도서관이 즐거운 일상의 경험으로 포항시민들에게 제공되었으면 합니다. 중앙도서관으로서의 권위는 단지 그곳에 책이 많이 있기 때문이 아니라, 좀 더 많은 이들이 이곳을 찾아오고 만족하고 돌아가는데 있습니다.

아무리 전자책이 만들어졌다 하더라도 고유의 종이책이 가지고 있는 장점들, 조형물로서의 예술적 측면, 시각적으로 인식할 수 있고 구체적으로 만져지는 책의 부피감과 촉감 등이 선사하는 가치는 불변할 것입니다.

간혹 도시의 랜드마크를 만든다며 무작정 공연장이나 미술관을 짓고, 정작 그 안에 들어가야 하는 공연작품이나 미술품을 제대로 확보하지 않은 사례를 어렵지 않게 접할 수 있습니다. 도서관도 마찬가지입니다. 덩치만 컸지 콘텐츠나 실속이 없다면, 그곳은 결국 거대한 공룡시대가 퇴화되어 남은 화석과 다를 바 없습니다. 그리고 몇십년 후 건물에 대한 노후화 및 쾌적성이 문제되어 건축물을 헐자고 할지도 모릅니다. 지나친 비약일까요?

책을 찾기 위해 몇 층의 계단을 오고가는 것이 가능한 공간 설계는, 이용자의 건강을 위해서도 필요합니다. 그러기 위해서는 수고가 아깝지 않은 좋은 서적과 영상서비스, 연구자료 등이 충분히 확보되어야 할 것입니다. 한편 몸이 불편한 이용자들을 위해 엘리베이터 등의 편의시설이 이미지에 걸맞게끔 최첨단으로 갖춰져야겠지요. 여기에 간간히 허기를 달래줄 차와 간식을 이용할 수 있는 시설이 갖추어져 있으면 금상첨화겠습니다.

종교시설의 엄숙함은 신과 인간을 위한 공간이었기에 그랬을 테지만 공공도서관처럼 인간과 지식을 위한 공간은 보다 친밀하고 편안해야 한다고 봅니다. 물론 이러한 도서관을 바란다는 게 일종의 욕심이라고도 할 수도 있지만, 기본적으로 도서관은 인간이 생산한 모든 지식을 저장 · 유통 · 전승하는 공간이기에 그 어느 곳보다도 인간중심적인 설계가 가능해야 한다고 생각합니다. 여기서 인간 중심적이라는 것은 당연히 인간의 지적 욕구에 충실할 뿐 아니라 총체적 감각이 만족할 수 있는 곳이어야 합니다. 그래야지 이곳이 이용자들의 인정을 받을 수 있고 또한 그래야지만 이곳에서 시민들의 지적인 만남이 공유될 수 있습니다. 시청각 자료실도 딱딱한 나무의자가 아닌 나름의 안락한 소파에 앉아 감상할 수 있으면 좋겠습니다. 각종 동호회나 소모임 등의 활동을 지원해주면 더할 나위 없이 좋겠구요.

도서관 회원증의 기능을 확대시켜 이 회원증을 소지하고 있는 시민들이 다양한 혜택과 프로그램을 경험할 수 있는 기회를 지속적으로 마련하는 것도 필요합니다. 기본적으로 책을 빌릴 수 있는 기능을 포함해 기록들을 마음대로 열람할 수 있어야겠지요. 여기에 개인의 취미 생활을 영위시켜 줄만한 매개물로 포항시립미술관이나 다양한 문화프로그램이 제공되는 공연장, 인문학 강좌나 교육 프로그램에서 일종의 혜택을 누릴 수 있는 기능이 있다면, 어떤 회원카드보다 소중할 것입니다. 심리적 볼륨에서 '라이브러리'라는 거대하고 공개적인 느낌을 주는 곳인 동시에 '아카이브'가 주는 작고 은밀한 느낌이 도서관의 회원증을 통해 동시에 발휘되었으면 합니다.

중앙도서관에는 포항이라는 도시의 흔적을 간직하고 있는 자료와 기록들을 추적해 연구하고 보관하며 포항사람들의 삶을 반영하는 당대의 인식과 상황을 드러낼 수 있는 양질의 기록물들이 축적되어야 할 것입니다. 특히나 도시 자체에 대한 기록의 역사가 짧은 우리로서는 체계적인 구술기록을 통해 포항이라는 도시의 현장성을 기록으로 남기는 일이 시급할 것입니다. 또한 이러한 정보들을 전문적인 영역으로 다룰 줄 알고 연구하는 전문 영역의 학예사가 필요할 것이며 특히 포항이라는 도시의 서사를 제대로 알고 있는 연구자가 이 도서관에 상주하고 있어야 할 것입니다.

사람들이 기꺼운 마음으로 극장이나 미술관을 찾아가는 것처럼 이 도서관이 즐거운 일상의 한 부분으로 포항시민들에게 제공되었으면 합니다. 중앙도서관으로서의 권위는 단지 그곳에 책이 많기 때문이 아니라, 좀 더 많은 이들이 이곳을 찾아오고 만족하고 돌아가는데 있습니다.

도서관의 미래는 아직 결정된 것이 아닙니다. 이 공간에 애착을 가지고 있을 시민들과 회원들, 연구자들이 있고 이 공공의 공간에 채워져야 할 서적과 정보, 기록들이 너무나 많기 때문입니다. 다만 우리는 도서관이 있다는 것에 만족하지 말고, 이곳이 좀 더 많은 사람들이 지식과 경험을 공유할 수 있는 새로운 사회 시스템으로 연결시키는 작업을 계속해나가야 할 것입니다.

포항역 광장

우리 모두의
시험대

도시의 공간 구조 가운데 광장은 도시발달과 더불어 역사적 변천을 거듭해 왔습니다. '사람들이 모이는 곳'이라는 뜻을 지닌 고대 그리스 시대의 '아고라'로부터 중세시대 교회를 중심으로 형성된 교회광장, 상업발달로 이루어진 시장광장 그리고 시민광장 등 광장은 주로 당대의 시민 공동체의 중심지 역할을 담당해왔습니다. 이러한 광장은 도시 속에서 사람들이 하는 모든 활동을 충족시키며, 사람들로 하여금 이 공간, 나아가 도시에 대한 추억을 간직할 수 있게 만들어 왔습니다.

도시발달이 상대적으로 늦은 우리나라에서 광장은 산업화 이후 본격적으로 나타나기 시작합니다. 주로 교통이 혼잡한 지역에서 원활한 교통흐름을 위해 마련된 교통광장, 차량통행이 제한되는 보행을 위주로 집회나 산책 그리고 휴식을 위한 시민광장의 형태가 우리나라 도심 속에서 만날 수 있는 공간입니다. 특히 교통광장의 형태 가운데 과거 우리나라의 주요 대중교통 수단이었던 철도, 그리고 그 철도로 이어지는 도시의 접착지점, 바로 역을 중심으로 형성된 역 광장은 상업목적의 시장광장 또는 대규모 집회를 위한 시민광장의 기능도 함께 지닌 그야말로 시민사회의 중심지 역할을 톡톡히 했던 곳입니다.

포항도 예외는 아닙니다. 포스코 건립과 함께 인구 유입이 빠르게 진행되면서 포항은 과거 동해안 작은 어업도시에서 산업도시로서 급성장했습니다. 그런데 지리적 특성상 당시에는 철도가 포항과 외부도시와의 주된 연결고리였습니다. 당연히 사람이 많이 모이게 되는 철도역을 중심으로 도심이 형성되었고, 역 광장을 중심으로 노점상을 비롯해 장터가 열렸습니다. 선거철이면 대규모 유세장으로 이용되는 등 시민광장의 역할도 담당하는데, 지난 2012년 대선 당시에도 포항을 찾은 후보들의 대규모 유세가 이곳 포항역 광장에서 이루어졌습니다. 그래서 포항역은 우리가 의식하든 의식하지 못하든 간에 포항이라는 지역사회의 집결지 역할을 해 왔다고 봅니다.

하지만 2014년 KTX 개통을 앞두고 포항역 이전을 앞둔 지금, 한때 포항시민의 최대 광장이었던 포항역 광장은 그 부지활용 방안을 두고 시민들 간의 의견이 분분합니다. 도시외곽 발전에 따른 구도심의 쇠퇴에 대한 심각한 트라우마를 겪고 있는 주변지역 상인들은 이곳을 대규모 상업 주거지역으로 개발해야 한다고 주장하는 반면 일반 시민들은 기존의 광장개념을 유지한 시민광장 위주의 도심 속 휴식 공간으로 개발해야 한다고 주장하고 있습니다. 각자의 입장에서 보면 다 충분히 논리적이고 나름의 절실함이 있는 셈입니다.

그런데 포항역 광장을 어떤 식으로 바꿔야 한다는 문제를 잠시 접어두고 생각해 봤으면 하는 부분이 있습니다. 무엇보다 하나의 건물을 부수는 행위는 단지 건물의 존재만을 지우는 것이 아니라 그 공간에 녹아 있는 사람들의 삶과 기억도 함께 증발시켜 버리는 일이라는 것입니다. 이것은 포항역 근처에 사는 사람들이나 인근 상가 주인의 문제만은 아닙니다. 이곳을 경험한 모든 포항시민에게 해당하는 일입니다.

우리는 어떤 장소를 기억하면서 추억을 공유하기를 즐겨하는 습관을 가지고 있습니다. 그런데 언젠가부터 우리의 추억을 빼앗기고 있다는 느낌을 지울 수가 없습니다. 아름다운 해변이 사라지고, 시멘트 흉물덩어리가 그 자리에 들어서는 미학적 야만이 포항 곳곳에서 저질러지고 있습니다. 오랜 역사와 문화가 가치있다고 입으로는 말하지만 돈 앞에서는 철저히 외면당하고 침묵하는 현실은 언제쯤 끝이 날 수 있을까요.

마침 코레일은 지난 9월 포항역을 비롯해 동래역, 경주역 그리고 불국사역 등 동해남부선 네 개 역사를 철도기념물로 지정했습니다. 포항역이 이전하더라도 역 건물은 기념물로 보호토록 한 것입니다. 동해남부선의 종착역이자 3단 구조의 독특한 형태의 지붕이 눈에 띄는 포항역 건물은 광복 직후인 1945년 7월 준공된 이후 원형을 거의 유지하고 있어 건축사적 의미가 높다는 게 기념물 지정 이유입니다. 나아가 코레일은 기차역 네 곳을 문화예술인들은 물론 시민들이 자유롭게 이용하는 문화 · 휴식공간으로 활용한다는 방침이라고 합니다. 향후 이러한 방침이 어떻게 구현될 지는 미지수이지만 건축사적 의미가 있는 포항역 건물이 보존할 수 있게 된 것은 참으로 다행이라 생각합니다.

어떤 식으로든 포항역은 달라져야 할 상황입니다. 어쩌면 포항역의 미래상을 모색하는 방식이, 우리 지역사회의 성숙한 시민의식을 가늠할 수 있는 시험대 역할이 될 지도 모른다는 생각이 듭니다.

어떤 식으로든 포항역은 달라져야 할 상황입니다. 한 가지 분명한 것은 이 변화를 모색하는 과정이 충분한 시민토론과 의견수렴을 거쳐서 이루어져야 한다는 것입니다. 여기에는 새로운 것을 찾아내는 방법도 있을 것이고 낡은 것을 유지하는 방법도 가능할 것입니다. 어쩌면 포항역의 미래상을 모색하는 방식이 우리 지역사회의 성숙한 시민의식을 가늠케 하는 시험대 역할이 될 지도 모른다는 생각이 듭니다.

포항을 알면 미래가 보인다
의사 이재원의 포항 진단

초판인쇄일	2014년 1월 17일
초판발행일	2014년 2월 3일
지은이	이재원
펴낸곳	도서출판 황금알
펴낸이	金永馥
주간	김영탁
편집실장	조경숙
책임편집	염혜원
디자인	오정훈
사진	김정호
인쇄제작	칼라박스
주 소	110-510 서울시 종로구 동숭동 201-14 청기와빌라2차 104호
물류센타(직송 · 반품)	100-272 서울시 중구 필동2가 124-6 1F
전 화	02) 2275-9171
팩 스	02) 2275-9172
이메일	tibet21@hanmail.net
홈페이지	http://goldegg21.com
출판등록	2003년 03월 26일 (제300-2003-230호)

©2014 이재원 & Gold Egg Publishing Company. Printed in Korea

값 15,000원

ISBN 978-89-97318-63-6-03810